破天道

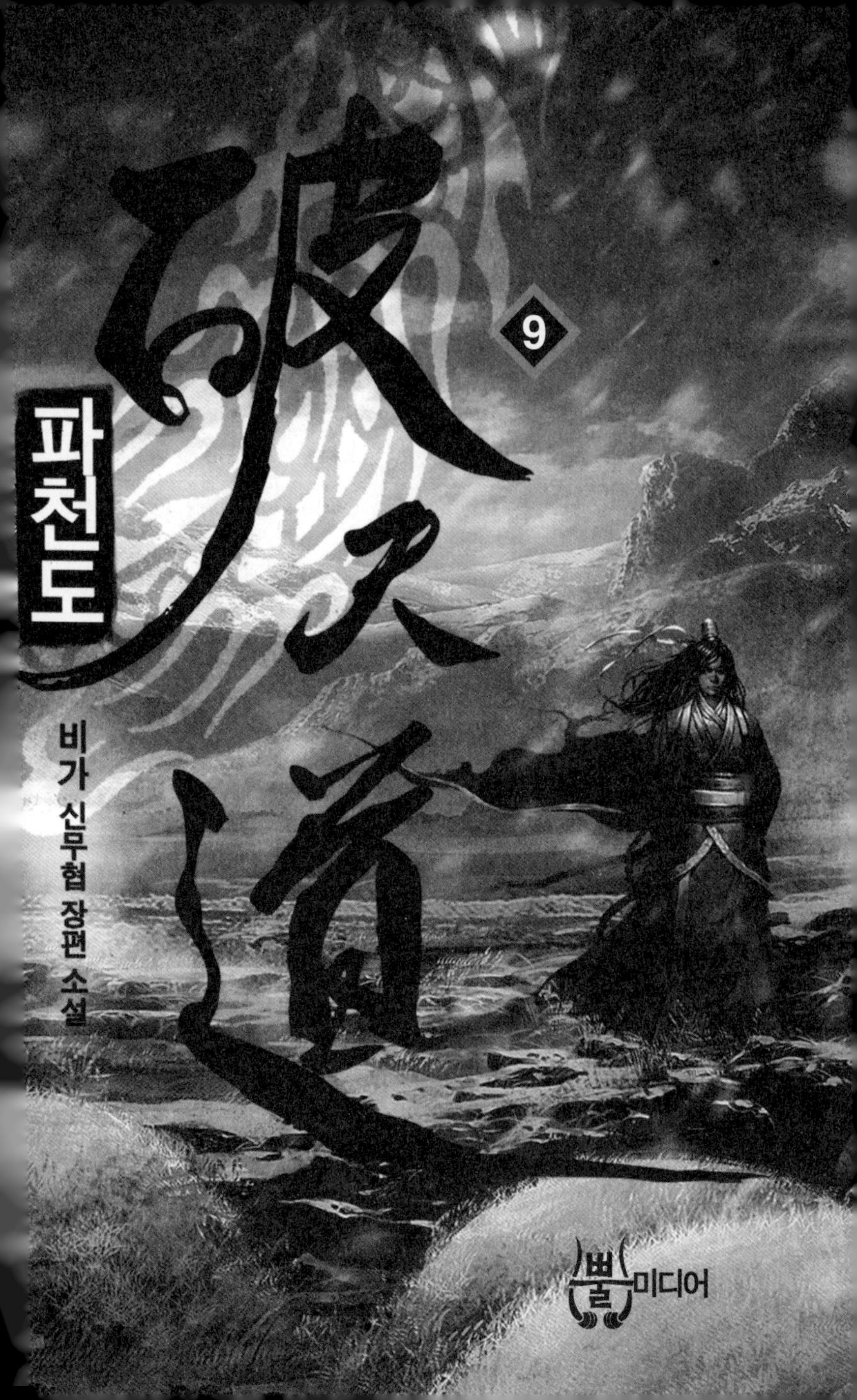
파천도
9
비가 신무협 장편 소설
뿔미디어

차 례

67장
격변(激變)

"저자를 잡아!"

제갈진의 고함 소리가 터져 나오자 혼란에 빠져 있던 장로들이 병장기를 뽑아 마공자를 압박했다.

무척이나 당황스러운 상황이지만 그들 역시 정천맹을 지금까지 이끌어 온 인물들.

이런 상황에서 무얼 해야 하는지 파악하지 못할 만큼 어리석지는 않았다.

자신을 향해 기운을 뿜어내는 수십의 장로들을 보면서 하후상은 휘파람을 불었다.

"휘유, 대단하군. 그렇게 생각하지 않느냐, 봉연아?"

봉연은 고개를 저었다.

"하찮은 수준입니다."

"저들은 무척이나 강하다. 우리 마련의 마인들에게도 뒤지지 않을 정도로."

봉연은 단호히 고개를 저었다.

"저들도, 마인들도 마공자의 앞에서는 모두 하찮은 존재에 불과합니다."

마공자는 머리를 긁었다.

"너는 항상 나를 멋쩍게 하는구나."

"사실일 뿐입니다."

마공자는 어깨를 으쓱하고는 고개를 들어 제갈진을 바라보았다.

"그대는 어떻게 생각하시오?"

제갈진의 이마에서 식은땀이 흘러내렸다.

'상황이 어떻게 흘러가고 있는 거지?'

전각 밖에서 들려오는 비명 소리만으로도 이곳이 지금 습격을 받고 있다는 것은 확실했다.

그것도 마인들에게.

신강 땅에 있어야 할 마련의 미인들이 갑자기 거리를 격하고 바로 이곳에 나타난 것이다.

하지만 그 이상 무슨 일이 벌어지고 있는지는 알 수가 없었다.

저 마공자가 대전 안으로 들어온 순간부터 외부의 기가

제멋대로 날뛰고 있었다.

외부의 상황이 기감으로는 도무지 파악이 되지 않았다.

'어떻게 이런 일이 벌어질 수 있지?'

제갈진은 도저히 지금의 상황을 이해할 수 없었다.

그들의 정보대로라면 지금 마인들은 신강에 있어야 한다.

설사 그 정보가 틀렸다 하더라도 마인들이 신강을 빠져
나오면서 전 대륙에 촘촘히 깔아 놓은 정보선을 모두 피할
수 있을 리가 없었다.

게다가 사해방이 당한 이후 제갈진은 정보선을 한층 더
두텁게 쌓아 놓은 뒤였다.

그런데 대체 어떻게 그 모든 것을 무용지물로 만들고 한
순간 이곳에 나타날 수 있다는 말인가.

제갈진은 당장에라도 밖으로 뛰어나가 지금의 상황을 파
악하고 싶었다.

쳐들어온 마인을 얼마나 되는지.

소수인지 아니면 다수인지.

감당해 낼 수 있는 정도인지, 아닌지.

직접 보지 않으면 판단을 내릴 수가 없다.

하지만 제갈진은 밖으로 나갈 수가 없었다.

마공자 하후상.

담담히 그의 시비와 이야기를 나누고 있는, 그의 아들뻘 되어 보이는 청년이 가진 존재감이 그의 모든 행동을 막아내고 있었다.

'움직일 수가 없다.'

다른 이들 역시 마찬가지였다.

정천맹이라는 거대한 단체를 이끌어 가던 이들이 단 한 명의 청년을 경계하며 하나같이 움직이지 못하고 있었다.

말 그대로 가공할 존재감.

적지 한가운데에서 마공자 하후상은 그들을 되레 압박하고 있는 것이다.

"내 말이 들리지 않소?"

제갈진은 퍼뜩 정신을 차렸다.

"하찮다라……. 그대를 직접 보기 전이었다면 나는 결코 그런 말에 동의하지 않았을 것이오."

마공자는 당연하다는 듯 고개를 끄덕였다.

"하면 지금은?"

제갈진은 입을 닫았다.

뭐라고 말해야 할까.

지금 눈앞에 있는 저 청년을 뭐라고 설명해야 옳을 것인가.

적진 한가운데로 쳐들어와 그보다 몇 십 년은 더 살았을 정천맹의 절대자들을 앞에 두고도 마치 산책이라도 나온 듯 여유롭기 그지없는 저 청년을 대체 어떤 언어로 설명해야 그 가치를 온전히 전달할 수 있을 것인가.

제갈진은 생전 처음으로 자신의 언어로 표현할 수 없는 사람을 만났다.

"한담을 나눌 상황은 아닌 것 같소."

제갈진은 대답을 피했다.

마공자는 주위를 둘러보고는 태연히 말했다.

"이런 상황일수록 여유를 가져야 하는 법이오. 그렇지 않소?"

제갈진은 이를 악물었다.

아무리 상황이 좋지 않다고는 하나 그는 정천맹의 맹주 대리.

이처럼 농락을 당할 대상은 아니었다.

"이곳까지 걸어 들어온 귀하의 용기에는 경의를 표하오. 하나 귀하는 결코 이곳에서 살아 나가지 못할 것이오."

제갈진은 한 글자 한 글자 씹어뱉듯 말했다.

그러나 그 말은 결코 마공자 하후상에게 하는 말이 아니었다.

병장기를 뽑아 들고도 차마 하후상에게 달려들지 못하고 있는 다른 장로들을 향해 하는 말이었다.

그를 결코 이곳에서 살려 보내서는 안 된다는 제갈진의 결의를 파악한 장로들은 저마다 병장기를 잡은 손에 힘을 주었다.

그들도 깨달은 것이다.

만약 이 상황에서 하후상마저 살아 나가게 되면 정천맹은 끝도 없는 지옥에 시달리게 된다는 사실을 말이다.

"살아 나가지 못한다?"

마공자는 무섭다는 듯 몸을 부르르 떨었다.

하지만 그것이 진정으로 무서워서 하는 행동이 아님을 제갈진은 누구보다 잘 알고 있었다.

"그럼 나를 죽이시겠다는 거요?"

"그렇소."

"어떻게?"

"……."

마공자 하후상은 여유로운 손짓으로 양팔을 살짝 벌렸다.

"어떻게 나를 죽이시겠소, 정천맹 현 맹주위 대리(盟主位 代理) 제갈진(諸葛進) 군사?"

"으……."

"건방진."

마공자의 여유로운 모습에 많은 이들이 치를 떨었지만, 누구 하나 마공자의 목을 취하겠노라 나서는 이는 없었다.

점창 장문인 낙유가 일격에 목이 꺾였고, 화산의 장문인 운암이 일수에 머리가 터져 죽었다.

여기 있는 이들 중 단 한 사람도 그런 신위를 발휘할 수 있는 이는 없었다.

아니, 그들보다 무공이 낫다고 자신할 수 있는 이도 얼마 되지 않았다.

결국 여기에 있는 이들 중 대부분은 마공자의 일격도 감당하지 못한다는 의미였다.

그런데 누가 감히 마공자의 앞을 가로막을 수 있겠는가.

제갈진은 냉정하게 말했다.

"합공하시오."

분위기가 고조되었다.

"아무리 상대가 간악한 마인이라고는 하나……."

다른 목소리도 들려왔다.

제갈진은 이를 갈았다.

"그럼 누가 홀로 이자를 감당하시겠소?"

"……."

누구도 나설 수 없었다.

"과거 마제 하후패를 상대로 합공에 나선 일천의 무인은 합공을 수치로 여기지 않으셨소. 본인의 명예보다 천하의 안녕이 먼저라고 생각했기 때문이오. 여러분은 한 줌 명예를 지키기 위해 천하를 마의 손아귀에 빠뜨린 역적으로 역사에 남고 싶으신 게요?"

제갈진의 말은 혼란스러워하던 이들의 마음을 다잡기에 충분했다.

사실 누구도 그런 역할을 떠맡고 싶지 않을 것이다.

거기에 제갈진은 결정타를 가했다.

"지금 밖에 무슨 상황이 벌어졌는지는 아무도 모르오! 그러니 적어도 저자를 잡아야 최소한의 대비가 가능하다는 말이오! 그게 아니라면 오늘이……."

제갈진은 머뭇대다가 씹어뱉듯, 결코 말하고 싶지 않던 사실을 토해 내었다.

"정천맹의 마지막 날이 될 거요."

그 말을 들은 마공자가 나직하게 웃음을 터뜨렸다.

"하하하하핫."

제갈진의 안색이 어두워졌다.

그가 기껏 고조시킨 분위기가 마공자의 낭랑한 웃음소리에 모두 깨어져 버리고 말았다.

'알고 한 것인가, 아니면 본능적으로 느끼는 것인가?'

어느 쪽이든 마공자는 단순히 힘이 강한 것이 아니었다.

그는 전장의 추를 자신의 쪽으로 끌어 올 줄 아는 힘을 가진 자였다.

'강대한 무력, 허를 찌르는 귀계(鬼計), 거기에 흐름마저 움직일 줄 아는 우두머리로서의 능력. 이 모든 것을 겨우 이립(而立)도 되지 않아 이루었다는 건가?'

괴물.

16

제갈진은 그 말 외에는 딱히 마공자를 설명할 수 없었다.

오로지 힘과 힘의 승부를 즐긴다고 알려진 마인들의 우두머리가 그들이 알고 있는 바를 조롱하듯 되레 귀계로서 승부를 걸어왔다.

'하지만 아직, 아직은 끝난 게 아니다.'

제갈진은 이를 악물었다.

"저자를 당장……."

"나를 잡으면 뭔가 달라질 것 같소?"

제갈진의 말이 멈추었다.

"쓸데없는……."

"알고 있을 텐데?"

마공자는 두 번이나 제갈진의 말을 끊었다.

제갈진의 말은 마공자의 말에 가로막혔으나, 진정으로 제갈진이 말을 잇지 못한 이유는 마공자의 말에 담긴 의미였다.

제갈진이 흔들리는 눈으로 마공자를 바라보았다.

"제갈진. 혹자는 당신을 신산(神算)이라 부른다더군. 그 좋은 머리로 생각을 해 보란 말이오. 지금 이 대전 밖에서 무슨 일이 벌어지고 있는지."

제갈진은 대수롭지 않다는 듯 말했다.

"마인들이 날뛰고 있겠지."

"잘 아는군."

"하지만 얼마 못 가 모두 제압될 것이오."

"호오?"

"아무리 당신이 대단한 능력을 지녔다고 하나 천하에 펼쳐진 우리의 이목을 속이고 정천맹의 본단으로 난입하려면 다수의 마인을 대동할 수는 없소. 그건 너무나 빤한 일이지."

"흐음, 그렇군."

"당신은 아마 십천마와 소수의 정예를 대동했겠지. 단숨에 정천맹의 수뇌부를 끝장내기 위해서 말이오."

마공자는 연신 고개를 끄덕였다.

"좋은 추리군."

"하지만 그게 당신의 패착이 될 것이오. 나는 본단의 모두가 죽는 한이 있더라도 반드시 당신과 십천마를 잡아낼 테니까. 그러면 머리를 잃은 마련은 무너지거나 신강으로 돌아가게 되겠지. 마치 백여 년 전 그랬던 것처럼."

짝짝짝짝.

마공자는 감탄했다는 듯 박수를 쳤다.

"멋진 추리와 좋은 각오요."

"별말씀을."

"하지만 말이오……."

마공자의 목소리가 제갈휘의 귀를 파고들었다.

"정말 그렇게 생각하오?"

"……."

제갈진은 아무 말 없이 마공자를 빤히 바라보았다.

"정말 그렇게 생각하시오?"

마공자의 목소리는 마치 그의 목을 노리는 그림자 속의 악귀처럼 음산하게 제갈휘의 귀를 간질였다.

마공자는 키득키득 웃더니 봉연을 향해 말했다.

"연아."

"예, 마공자님."

"천하에서 제일가는 두뇌를 가졌다는 신산(神算) 제갈진의 추리다. 너는 이 추리를 어떻게 생각하느냐?"

"하나는 알겠습니다."

"뭐지?"

"천하에는 허명을 얻은 자들이 많다는 것이지요."

"하하하핫! 허명이라, 허명! 그것 꽤나 마음에 드는 말이구나. 허명이라……."

크게 웃던 마공자의 목소리가 잦아들었다.

"이보시오, 맹주 대리."

제갈진은 대답하지 않았다.

"나는 지금 고민이라오. 그래도 당신이라면 꽤나 도움이될 것이라고 생각했는데, 지금 보니 당신도 영 별로란 말이지. 신산이라는 평을 듣기에는 너무 생각이 좁아. 아니, 인정이 느리다고 해야 할까?"

"무슨 헛소리를……."

"정말 그렇게 생각하는가?"

"……."

그 순간, 마공자가 손을 천천히 뻗어 올렸다.

우우우웅!

그와 동시에 대전이 크게 흔들리기 시작했다.

"무슨 짓을 하는 거요!"

"그 눈으로 직접 보도록, 지금 이곳에서 무슨 일이 벌어지고 있는지 말이야. 그러고도 지금처럼 헛소리를 늘어놓을 수 있는지 두고 보지."

콰콰콰콰!

마공자의 말이 끝나기 무섭게 대전이 더욱 크게 흔들리더니, 벽이 쩌억쩌억 갈라졌다.

그러고는 대전의 지붕이 통째로 하늘로 솟아올랐다.

덕분에 제갈진 등은 전각 사방에서 무슨 일이 벌어지고 있는지 똑똑히 볼 수 있었다.

"으으……."

우드득.

악다문 제갈진의 입에서 이 부러지는 소리가 들려왔다.

얼마나 강하게 깨물었는지 입가로 한 줄기 피가 흘러나오고 있었다.

"하후사아아아아앙!"

제갈진의 고함 소리가 정천맹을 쩌렁쩌렁 울렸다.

하지만 그 고함 소리는 사방에서 들려오는 날카로운 비명 소리에 이내 묻혀 버리고 말았다.

시산혈해(屍山血海).

정천맹의 본단은 마치 붉은 염료를 칠한 것처럼 온통 시뻘겋게 물들어 있었다.

정천맹 무인들이 흘린 피가 정천맹을 붉게 물들이고, 벽을 붉게 물들이고, 하늘마저 붉게 물들일 것만 같았다.

사방이 무인들의 시신으로 뒤덮여 있었고, 그 시신들 위에서 마인들이 날뛰고 있었다.

"이 간악한 자!"

제갈진의 고함 소리에 하후상이 미친 듯한 광소를 터뜨렸다.

"으하하하하핫! 그 눈으로 직접 보니 어떤가, 제갈진? 이래도 자네의 말이 틀리지 않았다고 할 텐가?"

"으으……."

"약해 빠진 벌레 무리와 제 세상에 갇혀서 제 잘났다 믿고 있던 쓰레기들이 잘도 천하를 논하고 있구나."

제갈진은 마공자의 지독한 독설에도 뭐라 대꾸할 수가

없었다.

지금 그를 사로잡은 것은 뱃속에서부터 꾸역꾸역 밀려 나오는 분노와 이해할 수 없는 상황에 대한 혼란감, 그리고 가슴 저 깊은 곳에서부터 스멀스멀 기어 나와 그를 잠식해 들어가는 마공자에 대한 공포였다.

"어떻게······."

"되레 내가 묻고 싶군. 너는 대체 누굴 상대할 생각이었 지? 그따위 허술한 포위망으로 우리를 잡을 수 있을 거라 고 생각했는가?"

제갈진은 치를 떨었다.

그들을 잡아내기에 충분한 포위망이 아니라는 것은 스스 로도 잘 알고 있었다.

하지만 제갈진은 최선을 다했다.

신강에서 빠져나오는 마인들을 모두 잡아낼 만한 인원을 상시 배치했다가는 정천맹이 먼저 무너지고 말 것이다.

정천맹의 무인은 대부분 각자의 문파를 가지고 있는 이 들이었다.

그런 이들을 변방이라고 할 수 있는 신강 땅에 계속 놔둘 수는 없는 노릇.

제갈진은 그런 힘겨운 현실 속에서도 할 수 있는 최선을 다해서 그들의 움직임에 촉각을 곤두세웠다.

개인별로 빠져나가는 것은 막지 못해도 적어도 십 단위

가 넘어가는 인원들이라면 사천에 도달하기 전에 잡아낼 수 있을 것이라 믿었다.

그러나 지금 눈앞에 펼쳐진 현실은 그의 생각과는 너무도 달랐다.

삼백이 넘는 마인들이 정천맹 본단의 무인들을 일방적으로 학살하고 있었다.

전혀 상대가 되지 않았다.

차라리 계란으로 바위를 치는 것이 지금 여기에 있는 마인들을 상대하는 것보다 현실성이 있어 보였다.

넋이 나간 듯한 제갈진의 모습에 마공자는 혀를 찼다.

"약한 자는 필사적으로 발버둥을 쳐야 하는 법이지. 힘으로 해결할 수 없다면 머리를 써야 하고, 머리로도 해결할 수 없다면 바짓가랑이라도 물고 늘어져야 하는 법이다. 그런데 너희는 약해 빠진 주제에 되레 여유까지 부리고 있더군."

"……."

"너희는 백 년 동안 대체 뭘 했지?"

제갈진은 대답하지 못했다.

자신들이 해 온 어떤 준비도 지금 이 상황에서는 의미를 가지 못했다.

"말해 보라, 제갈진. 나의 앞에서 말해 보라. 구걸해서 얻은 평화와 타인의 목숨을 제물로 바쳐 연명하던 그 더러운 목숨을 유지하기 위해 너희는 백 년 동안 무엇을 했나?"

제갈진은 마공자의 목소리에서 이상한 점을 느꼈다.

지금 그는…….

분노하고 있었다.

조롱하고 있는 것이 아니라 분노하고 있었다.

대체 왜 마공자가 제갈진에게 화를 내고 있는 것일까?

준비가 미흡했기 때문에?

하나 그것은 오히려 마공자 입장에서는 기꺼워해야 할 일이 아니던가.

"이런 쓰레기들을 지키기 위해 목숨을 바쳤군. 광천이여, 광천이여……. 너희들의 목숨은 헛되었다. 보라, 이 쓰레기들이 너희들이 목숨을 바쳐 지킨 자들이다."

마공자의 목소리에서는 참을 수 없는 울분이 느껴졌다.

"마공자님."

안타까움이 가득 담긴 목소리.

마공자가 그의 곁에 있는 봉연을 바라보았다.

봉연은 아무런 말 없이 그의 눈빛을 마주했다.

마공자는 고개를 끄덕였다.

"그렇구나, 봉연아. 이들은 감히 나의 분노를 받을 자격도 없는 자들이다."

"그렇습니다. 사람은 벌레에게 분노하지 않습니다."

"그래, 네 말이 맞다."

마공자는 혀를 찼다.

"우리가 얼마나 우스워 보였으면 본단에 이런 쓰레기들만 채워 놓은 걸까? 아니, 우리가 너무 무서워서 주력을 모조리 신강으로 돌릴 수밖에 없던 걸까?"

"저는 알지 못합니다."

"어째서?"

"저들의 주력이 지금 이곳에 있는 쓰레기들과 무슨 차이가 있는지 구분할 수 없기 때문입니다."

"하하하핫! 그렇구나. 네 말도 옳다."

마공자는 제갈진을 가만히 바라보았다.

"그럼 내게 설명해 주겠소? 여기에 있는 이들이 정천맹의 주력이오, 아니면 주력이 빠진 것이오?"

제갈진은 순순히 대답했다.

이제 와 거짓을 말할 이유가 없었으니.

"이들이 진정한 정천맹의 힘이라 생각하지 마시오."

마공자는 고개를 끄덕였다.

"그래야지. 아직은 희망이 있군. 연아."

"예, 마공자님."

"지금 저 쓰레기들을 모두 죽이는 것이 우리에게 이득이 될까?"

봉연은 고개를 저었다.

"그렇지 않습니다, 마공자님."

"어째서?"

"멍청한 적장은 아군의 명장보다 더욱 큰 이득을 가져다 주는 존재입니다. 만약 저들이 여기서 모두 목숨을 잃는다면 또 다른 자가 나타나 정천맹을 이끌 것입니다. 그가 이들보다 뛰어날지도 모르는 상황이니, 이 한심한 작자들을 계속 정천맹의 우두머리 자리에 앉혀 두는 것이 우리에게 이득입니다."

"그렇겠지?"

"그렇습니다."

제갈진의 얼굴은 분노와 절망으로 시커멓게 죽어 갔다.

지금 두 사람은 제갈진이 살아서 정천맹을 이끄는 것이 되레 이득이라 말하고 있었다.

평생을 정천맹과 병법에 바쳐 온 그에게 있어서 이보다 큰 모욕은 존재하지 않았다.

"하지만 나는 이들 모두를 죽일 생각이란다."

"어째서인지요?"

"그러면 너무 싱겁지 않겠느냐?"

"소녀는 이해할 수 없습니다."

"나는 너무나도 오랫동안 지금 이 순간을 기다렸다. 그렇다면 적어도 조금은 즐길 수 있어야 하지 않겠느냐?"

"마공자님의 뜻대로 하시옵소서."

마공자는 가만히 제갈휘를 보며 말했다.

"당신들이 항상 지키겠다고 말하는 천하를 위해서 자진하지 않겠소?"

"……."

"잘 생각해 보는 게 좋을 거요. 아무리 봐도 당신들이 모조리 죽어 버리는 게 천하에겐 이득일 테니 말이오. 무능하기 짝이 없는 당신 같은 것들이 정천맹을 다스리는 이상 정천맹은 미래가 없을 테니까."

"감히!"

제갈진은 손을 뻗어 마공자를 가리켰다.

"저 방자한……."

서걱.

그 순간, 제갈진은 이상한 것을 보아야 했다.

분명 마공자를 가리키고 있던 자신의 손이 아래로 떨어지고 있었다.

분명 자신은 팔에 힘을 주고 있건만, 손은 속절없이 아래로 떨어졌다.

그런 후, 이내 피 분수가 뿜어져 나왔다.

"크아아악!"

제갈진은 잘려 나간 자신의 우수를 움켜잡았다.

마공자는 혀를 찼다.

"쯧쯧, 봉연아. 손이 너무 과하구나."

"감히 마공자께 무례를 범한 자입니다. 그가 만일 마공자님의 말을 들어야 하는 입장이 아니었다면 소녀는 서슴없이 그의 목을 베었을 것입니다."

"안 그래도 능력이 없는 작자인데 손까지 잃으면 더욱 무능해지지 않겠느냐?"

"어차피 죽을 자입니다."

"그건 그렇구나."

제갈진은 핏발이 선 눈으로 마공자와 봉연을 노려보았다.

'왜……'

그는 하늘을 원망하고 싶었다.

'왜 이렇게까지 차이가 나는 것인가! 그들과 우리가 무엇이 다르기에 이토록 절망적일 정도로 차이가 나는 것인가!'

손이 잘려 나가는 순간에도 제갈진은 그것을 느끼지 못했다.

그리고 그의 뒤에 있는 장로들 중 누구도 그것을 막지 못했다.

이제 겨우 솜털을 벗은 청년과 아직도 어린 티가 역력한 소녀임에도 그들의 무위는 차라리 외면해 버리고 싶을 정도로 강대하기 그지없었다.

'하늘은 정천맹을 버리시는가.'

제갈진은 팔이 잘린 것보다 자신들이 이곳에 있는 마인들과 마공자 하후상을 결코 막을 수 없으리란 사실이 더욱 고통스러웠다.

'하지만…… 아직 끝난 것은 아니다.'

제갈진은 이를 악물었다.

분명 정천맹은 오늘로서 그 끝을 볼지도 모른다.

하지만 천하는 아직 끝나지 않았다.

정천맹의 힘은 각 문파의 힘을 상징적으로 대표하는 것.

천하를 이루고 지켜 나가는 거파와 중소 문파들은 아직 무너지지 않았다.

정천맹이 사라진다 한들 조금의 혼란 뒤에 중원은 다시 일어날 것이다.

언제나 그래 왔듯이 말이다.

"우린 오늘 여기서 죽는다."

"호오?"

"하지만 중원은 반격을 시작할 것이다. 끝내 그대들은 이 중원에서 달아나게 될 것이다. 오백 년 전에도 그러했고, 백 년 전에도 그러했듯이."

마공자는 혀를 찼다.

"쯧쯧, 알 만한 사람이 헛소리를 늘어놓는군. 백 년 전의 중원은 마련을 막아 내지 못했다는 것을 알 텐데?"

"……."

"그리고 하나 더 말하자면, 너희가 지금 이곳에서 죽는 이유도 바로 백 년 전의 사건 때문이지."

"무슨 소리냐!"

마공자는 가볍게 웃었다.

"당신은 알 것 없어. 알아도 아무것도 바뀌지 않아. 그리고 당신 따위는 진실을 알 자격도 없지. 그냥 여기서 벌레처럼 죽어 가면 되는 거야."

"큭."

마공자는 조금 고민하는 듯하더니 입을 열었다.

"그리고 한 가지 더. 자, 이제 선택해 봐, 제갈진. 내 입에서 또 한 가지 사실을 듣기를 원하는가, 아니면 듣지 않기를 원하는가?"

제갈진은 망설였다.

분명 저 간악한 마인의 수작이라는 것을 알고 있음에도 그에 입에서 나올 또 다른 사실이라는 것이 견딜 수 없이 궁금했다.

"사실을 모르고 죽어 간다면 당신은 좀 더 편한 마음으로 죽을 수 있겠지. 하지만 사실을 알고 죽어야 한다면 당신은 아마 죽어서도 눈을 감지 못할 거야. 자, 선택해. 편안한 죽음과 고통스러운 죽음. 어느 걸 원하지?"

제갈진의 손이 부르르 떨렸다.

저자는 단순한 괴물이 아니다.

사람의 마음을 손바닥 위에 올려 두고 농락하며 갈가리 찢겨 나가는 것을 즐기는 악귀였다.

"말해 다오."

"큭큭큭."

마공자도, 제갈진도 알고 있었다.

제갈진이 결정할 선택은 하나뿐이다.

아무것도 모른 채 안심하고 죽는다는 것은 적어도 제갈진의 성격과는 맞지 않았다.

"여기 보이나?"

마공자가 정천맹도들을 주살하고 있는 마인들을 가리켰다.

제갈진은 그들을 바라보았다.

"마련에는 열 개의 하늘이 있지. 그들이 바로 십천(十天)이다. 너희들은 그들의 수장을 십천마(十天魔)라 부르지."

"그게 어쨌다는 건가?"

"성격이 급하군. 마련은 과거 열 개의 마가(魔家)가 연합하여 만들어진 곳이다. 우리는 그 마가를 마천(魔天)이라 부르지. 열 개의 마천을 십천이라 부른다. 십천이 곧 마련이고, 마련이 곧 십천이지. 뭐, 잡스러운 다른 단체가 조금 있기는 하지만, 그쪽에서는 따히 신경 쓸 것이 없어."

"……"

"그런데 지금 십천은 십천이라 부르기가 좀 애매하단 말이지."

제갈진은 뜬금없는 소리에 머리가 아파 왔다.

이자는 대체 왜 이 피와 죽음이 난무하는 전장에서 저런 속편한 소리를 늘어놓고 있다는 말인가.

"쓸데없는 잡담을⋯⋯."

"아아, 조금 기다려 봐. 이제 본론이 나올 테니까."

마공자는 손을 휘저어 제갈진의 말을 막았다.

"십천 중 한 곳은 몇 십 년 전 멸망했고, 천마마저 마련에 있지 않지. 그래서 유명무실해졌다. 원래라면 내가 천마가 되어야겠지만, 우리 쪽도 사정이 있어서 말이야."

순간, 제갈진의 눈이 빛났다.

마공자의 말은 십천 중 하나는 하후패의 하후가(夏候家)라는 뜻이었다.

그래야 마공자가 그것을 물려받을 수 있을 테니까.

'그런데 천마가 마련을 떠났다는 건 뭘 말하는 거지? 하후패가 아직 천마의 자리를 가지고 있다는 것인가?'

제갈진은 고개를 저었다.

그럴 리가 없었다.

하후패는 분명 과거의 대란 당시 십천마를 이끌고 있었다.

그렇다면 하후패가 천마라는 것은 말이 되지 않는다.

"그리고 마련의 두뇌를 담당하던 환뇌천(幻腦天)은 풀 한 포기 남기지 못하고 멸망해 버렸지. 불과 오 년 전에 말이야."

"······!"

"그런 눈으로 볼 것 없어. 내가 한 것이 아니니까. 수작을 좀 부렸다가 호랑이를 화나게 해 버렸거든. 뭐, 어쨌든 좋아. 그러니까 지금 마련에는 여덟 개의 마천(魔天)이 남아 있지. 그런데 그것도 문제가 있어. 이곳으로 오는 상황에서 제일 무시무시한 인간의 눈을 피하기 위해 천마 둘을 희생시켰거든."

마공자는 씨익 웃었다.

"천마가 없는 마천은 마천이라 할 수 없지. 원래는 바로 천마의 자리를 대신할 다음 천마를 뽑아야 하지만, 상황이 상황이다 보니 말이야."

"대체 그게 뭐 어쨌다는 거냐?"

하후상의 입가에 짙은 미소가 걸렸다.

제갈진은 그 미소를 보는 순간 전신이 냉굴에라도 빠진 듯 거대한 공포가 밀려오는 것만 같았다.

"이 정도 설명해 주면 알아들어야 하는 것 아닌가? 생각을 해 보란 말이다. 제갈진, 우리는 여섯 개의 마천과 팔백의 마인으로 이루어져 있다. 이곳에는 모두 삼백의 마인과 세 명의 천마가 와 있지."

순간, 제갈진의 눈이 크게 떠졌다.

그제야 마공자가 무슨 말을 하려 했는지 이해할 수 있었다.

절반.

이곳에는 무려 마련의 절반에 달하는 전력이 모여 있었다.

그야말로 공포스러운 전력이었다.

하지만 더욱 공포스러운 것은 그런 사실이 아니었다.

이곳에 절반의 세력이 모여 있다면…….

"그래. 남은 반은 어디로 갔을까?"

제갈진의 손이 주체할 수 없이 떨렸다.

"마공자!"

"중원은 우리를 막아 낼 것이라고? 네가 말하는 중원이 소림이라든가 황궁 따위를 말하는 것인가? 크하하하핫! 그거, 정말 웃기는 소리로군. 대체 존재하지 않는 것들이 우리를 어떻게 막아 낸다는 말이냐!"

"그, 그럴 리가 없다! 그럴 리가 없어!"

"자, 고뇌해라, 제갈진. 중원의 위기에 고뇌하고 또 고뇌해라. 네가 마지막까지 믿고 있던 것들이 모두 나락으로 떨어지는 것에 고뇌하고 괴로워해라. 그래야 최소한의 속죄가 될 테니까 말이야!"

마공자의 눈이 붉게 빛났다.

"이건 시작일 뿐이다. 정천맹, 구파일방, 오대세가, 그리고 감히 무파라 자처하는 모든 것들은 단 하나도 살아남지 못할 것이다."

제갈진은 마공자의 광기에 전율했다.

"대체 그대는……."

"너는 들을 자격이 없다."

마공자가 새하얀 이를 드러내고 웃었다.

"자, 시작하지. 천하의 마지막 운명을 건 건곤일천의 대전(大戰)을 말이야!"

제갈진이 소리쳤다.

"죽여!"

그와 동시에 지금까지 사태를 지켜보던 장로들이 우르르 마공자에게 달려들었다.

마공자는 그들을 보며 비릿한 비웃음을 날렸다.

"우선 너희들부터인가?"

마공자 하후상의 눈이 음울하게 빛났다.

68장
몰락(沒落)

"토굴이군."

제갈휘가 침중한 목소리로 말했다.

마련 전체를 샅샅이 뒤진 끝에 중앙에 있는 거대한 전각 아래에서 커다란 토굴을 발견할 수 있었다.

제갈휘는 토굴 아래로 뛰어내렸다.

"흠."

"어때?"

매검이 저 아래로 내려간 제갈휘를 향해 소리쳤다.

"적어도 세 방향 이상으로 나 있어. 길이는……."

제갈휘는 토굴을 향해 크게 고함을 쳐 보고는 귀를 기울였다.

"제기랄, 적어도 몇 리는 되겠군."

"이쪽으로 빠져나간 건가?"

"그런 것 같아."

"대체 언제부터 이걸 준비한 거지?"

제갈휘는 한숨을 쉬었다.

"시간이야 충분하다 못해 차고 넘치지. 적어도 백 년 이상의 시간 동안 마련과 중원은 언젠가 있을 전투를 대비해 왔으니까."

매검의 안색이 어두워졌다.

제갈휘가 토굴 위로 뛰어올랐다.

그러고는 유진천을 향해 말했다.

"어떻게 할 셈이야?"

유진천은 고개를 저었다.

"아직 모르겠다."

"흠……."

제갈휘는 유진천을 탓하지 못했다.

갑작스런 마인들의 실종과 마련에 쌓여 있는 일만이 넘는 시체들을 보고도 당황하지 않을 사람은 세상에 없을 테니까.

"어디로 갔을까?"

그 말에 대답한 사람은 남궁산이었다.

"정천맹."

"방향이 세 개인데?"

"하나는 정천맹으로 갔겠지."

"어째서?"

"정천맹의 눈을 피해서 다른 곳으로 갈 이유가 없으니까. 신강 근처에 있는 문파부터 칠 생각이었다면 굳이 이런 번잡스러운 방식을 택하지는 않았겠지."

"그렇겠지."

제갈휘라고 해서 몰랐던 것은 아니다.

다만 다시 한 번 확인하고 싶던 것뿐이다.

─마인들이 정천맹으로 향했다.

그 사실이 의미하는 것이 너무도 컸기에 그도 마음을 다 잡아야 했다.

"시작됐군."

유진천의 말에 이곳에 있는 모두가 비로소 실감했다.

전쟁이 시작됐다.

천하를 피와 죽음으로 뒤덮을 거대한 전쟁이 마침내 시작되고 만 것이다.

"어떻게 해야 할까?"

제갈휘의 말에 유진천은 말없이 눈을 감았다.

제갈휘는 그런 유진천을 보며 자신도 생각을 정리했다.

마인들이 중원으로 향했다.

그중 일부는 분명 정천맹으로 향했을 것이다.

정천맹 본단에 있는 전력과 마련의 전력 삼분지 일이 맞붙었을 경우 어느 쪽이 유리한가.

'학살이 벌어지겠지.'

수뇌부라도 몸을 뺄 수 있으면 다행이었다.

과거의 대란 당시, 중원은 존재하는 모든 무파와 새외의 세력마저 빌렸음에도 속절없이 중원을 내주었다.

마지막 불망곡에서의 격전이 있기 전까지 마련은 별다른 피해도 없이 중원을 지옥으로 몰아넣었다.

지금은 과거처럼 밀리지는 않을 것이다.

과거처럼 대비하지 못하고 있다가 당한 것도 아니고, 정천맹도 나름 준비를 해 왔다.

그리고 결정적으로 마련에는 하후패가 없었다.

마의 화신.

마련 전체보다 오히려 더 두려운 존재였던 하후패가 없다는 것만으로도 과거보다 몇 배는 더 나은 상황이다.

그럼에도 불구하고 정천맹 본단과 마련의 싸움은 너무도 빨랐다.

애초에 정천맹의 진정한 힘이라 할 수 있는 각 문파의 정예들은 정천맹에 있지 않았다.

제갈세가만 하더라도 정천맹에서 일하는 이들은 일부에 불과하고 대부분의 세가원들은 가문에 머무르고 있었다.

전쟁이 일어나 소집되면 그제야 그들은 정천맹의 이름 아래서 마련과 격전을 벌이게 되는 것이다.

반대로 말하자면, 정천맹 본단에는 중요 전력 자체가 없었다.

'희망인지 절망인지.'

하지만 제갈휘는 그 상황을 마냥 좋게 볼 수가 없었다.

정천맹 본단에는 전력이 없다.

하지만 그 안에는 천하 각지의 정보를 취합하는 정보 단체와 교육기관, 맹주의 수족을 위시로 각 문파에게 명을 내리고 의견을 취합하는 절차가 갖추어져 있다.

한데 그들이 하루아침에 박살이 난다면?

중원은 머리를 잃게 된다.

부랴부랴 살아남은 이들이 다시금 수뇌부를 구성한다고 해도 그 시간이면 중원은 이미 너무 많은 것을 잃고 난 뒤일 것이다.

'급소를 얻어맞았어.'

제갈휘는 슬쩍 고개를 돌려 유진천을 바라보았다.

유진천의 안색은 더없이 어두웠다.

그가 알고 있는 것은 아마도 유진천도 알고 있을 것이다.

마공자는 정천맹의 눈을 속여 치명상을 입혔을 확률이

높았다.

만약 본단이 무너진다면 최악의 경우 제대로 대응조차 해 보지 못하고 중원이 연쇄적으로 무너지게 될 수도 있었다.

"지금 제일 우선되어야 할 것은?"

유진천의 말에 제갈휘는 즉시 대답했다.

"정보!"

유진천은 고개를 끄덕였다.

"남궁산."

"응."

"가까운 천하전장 지부로 가 줘."

"응?"

"가서 현재 정천맹과 천하의 상황을 파악해 줘."

그 말과 동시에 유진천에 품 안에서 뭔가를 꺼내어 던졌다.

남궁산은 날아온 것을 받아 들었다.

천(天).

천이라는 글자가 새겨져 있는 패였다.

"그걸 보여 주면 될 거야."

"알았어."

"매검."

"말해."

"하오문으로 가 줘. 전장에서 얻어낸 정보와는 다른 정보가 있을 거야. 가서 정보를 얻어 와 줘."

"알았다."

그때, 위지화영이 물었다.

"전 뭘 해야 하죠?"

유진천은 위지화영의 눈을 보며 말했다.

"위지세가로 가서 지금 이 상황을 전해, 그리고 내가 돌아갈 때까지 기다려."

"당신은?"

유진천은 무덤덤한 얼굴로 입을 열었다.

"나는 직접 정천맹을 만나 본다."

❖　　❖　　❖

조붕(趙鵬)은 크게 하품을 했다.

"아이고……."

허리가 찌뿌둥한 것이 곧 비가 올 것만 같았다.

"흐아아암!"

"파리 들어가겠습니다."

강곡(姜穀)이 한심하다는 듯이 말했다.

"이봐, 강곡이."

"예, 대주님."

"우리가 여기서 이렇게 죽친 게 벌써 얼마나 됐지?"

"아마 일 년 다되어 갈 겁니다."

조붕은 머리를 긁었다.

제대로 감지 않아서인지 비듬이 우수수 떨어졌다.

강곡은 질겁을 하며 뒤로 물러났다.

"일 년, 일 년이라…… 벌써 일 년이나 되었나?"

"그렇습니다."

강곡은 혀를 찼다.

"일 년이라니…… 그러면 이제 슬슬 교대할 시간이 되었군?"

"내달 내로 다른 대와 교체되고 우리는 본 맹으로 돌아가게 될 겁니다. 아시지 않습니까?"

"그렇지. 이제 한 달도 안 남았군."

조붕은 기지개를 켜고는 다시 침상에 드러누웠다.

"빌어먹을. 보이는 거라고는 풀때기랑 땅덩어리밖에 없는 이 삭막한 곳에서 일 년이나 보내다니."

"어쩔 수 없지요. 신강은 가장 중요한 요충지니까요."

"저 마련 놈들만 아니었어도 피 같은 내 청춘을 이런 변방에서 보내지는 않았을 텐데."

"지금 청춘이라고 하셨습니까?"

"인생은 육십부터다."

"생각은 자유로운 것이니까요."

조붕은 귀를 후볐다.

"일 년 내내 아무도 오지 않는 곳을 감시하는 짓을 했더니 내가 미쳐 가는 기분이야. 마련 놈들은 사람도 아닌가? 왜 좋은 곳 다 놔두고 저런 황량한 곳에다가 건물을 짓고 사는 거지?"

"그러게 말입니다."

"도무지 도움이 안 되는 놈들이야."

"이제 한 달만 참으면 됩니다."

"돌아가면 뭐하나. 일, 이 년만 지나면 다시 오게 될 텐데. 이제 신강도 지긋지긋해. 이번에 돌아가면 은퇴도 고려해 봐야겠어."

"은퇴 말입니까?"

조붕은 고개를 끄덕였다.

"나도 이제 나이가 있어서 더는 이런 곳에서 임무를 수행하기가 힘드네."

"조금 전까지는 청춘이라고……."

"거, 사람 참 깐깐하기는."

그때, 문밖에서 다급한 목소리가 들려왔다.

"대주님! 대주님!"

조붕은 짜증 어린 목소리로 대답했다.

"대주 여기 있다! 왜! 뭐가 그리 다급하냐! 마인 놈들이 쳐들어왔냐?"

"아, 아닙니다!"

"그런데 왜 그렇게 소리를 질러대!"

"마인이 아니라, 다른 이가 쳐들어왔습니다."

"누가?"

"그게……."

그때, 다른 말소리가 들려왔다.

"비켜."

끼이이익.

그와 동시에 문이 열리고 두 사내가 문 안으로 걸어 들어왔다.

'응?'

조붕은 인상을 찌푸렸다.

이제 겨우 약관을 지났을 듯한 청년들이 아무렇지도 않게 걸어 들어오고 있었다.

조붕은 짜증이 확 치밀었다.

"강곡아."

"예, 대주님."

"애들 다 어디 갔냐?"

"그야 잘 아시지 않습니까. 반경 백 리 안에 흩어져서 마인 놈들을 감시하고 있죠."

"여기는 아예 없냐?"

"네다섯은 남아 있을 겁니다. 오후 교대조 애들은 잠을 자고 있을 테니까요."

조붕의 목소리가 커졌다.

"그래서 저런 핏덩어리들이 내 앞으로 오는 것도 못 막는다는 말이냐?"

"내보내겠습니다."

"빨리 좀 해결해라. 나 진짜 고달프다."

"예."

강곡은 자리에서 일어나 청년들을 막아섰다.

"나가라."

여러 말 할 이유가 없었다.

청년 중 하나가 입을 열었다.

"신분은?"

"뭐?"

"당신 신분이 뭐냐고."

"쓸데없는 소리 하지 말고 나가. 아니면 내가 손을 쓰게 될 테니까."

청년은 가볍게 강곡의 말을 받았다.

"그랬다가 그 뒷일은 어떻게 감당하려고? 당신들, 우리가 누군지는 알고 그렇게 말하는 거야?"

"……."

강곡은 찬찬히 청년들의 모습을 살폈다.

한 청년은 무명옷을 입고 있지만 다른 청년은 꽤 비싸 보이는 비단옷을 입고 있는 것이, 꽤나 있는 집안의 자손 같았다.

'세가 출신인가?'

복장에 표식이 없는 것으로 보아 아니라고도 생각할 수 있었지만, 세가의 젊은 청년들은 복식에 얽매이지 않는다.

세가의 모든 인원이 입도록 만들어진 옷보다는 비싼 옷을 선호하는 법이었다.

"누구시오?"

"당신은 비키고, 뒤에 있는 대장 나오라고 해."

강곡이 고민 어린 눈으로 뒤를 돌아보았다.

조붕이 한숨을 쉬었다.

"비켜 봐."

"예."

강곡이 물러나자 조붕이 침상에서 일어나 청년들을 향해 말했다.

"누구냐, 너희?"

"당신 이름은?"

"어린 노무 새끼들이 어른이 말하시면 대답 먼저 할 것이지."

50

비단옷을 입은 청년이 고개를 끄덕였다.

"그건 그렇군요. 제 이름은 제갈휘. 여기 이 친구 이름은 유진천입니다."

"아, 그래. 제갈휘와 유진천. 그래, 여기는 무슨 일······. 뭐? 제갈휘? 유진천?"

조붕은 기겁한 얼굴로 뒤로 물러나 벽에 바짝 붙어 버렸다.

"오, 오괴가 여긴 왜!"

제갈휘는 한숨을 쉬었다.

"됐으니까, 당신 신분이랑 이름."

"가, 강호공적에게 알려 줄 신분과 이름 따위는 없다!"

제갈휘가 눈을 빛냈다.

"진짜?"

"······."

"정말 없는지 확인해 볼까?"

"······."

"좋게 말할 때 좋게좋게 대답하는 게 서로에게 좋지 않을까?"

조붕의 머리가 빠르게 회전했다.

강호공적은 어떤 상황이더라도 빠르게 척살하는 것이 규칙이었다.

한데 규칙대로라면 지금 여기에 있는 인원만으로 이 두

사람과 싸워야 했다.

조붕은 소문으로 들리는 오괴에 대한 정보를 바탕으로 규칙을 어긴 대가로 맹에서 내리는 벌을 받는 것과 오괴와 전투를 벌이는 것의 손익을 판별했다.

"헤헤, 저는 비각(秘閣) 칠대의 대주인 조붕입니다. 신강의 마련에 대한 정보를 수집하는 역할을 맡고 있습죠."

제갈휘는 만족한다는 얼굴로 고개를 끄덕였다.

"오래 살겠어?"

"헤헤, 그런 소리 자주 듣습니다."

제갈휘는 마음에 든다는 듯 웃고는 본론을 꺼냈다.

"본론부터 이야기하지. 정천맹에 대한 정보가 필요하다."

"정천맹 말씀이십니까?"

"그래."

조붕의 얼굴이 굳었다.

"그건 말씀드릴 수 없습니다."

"어째서?"

"본단의 정보를 팔아넘길 수는 없습니다. 그건 제가 죽는다고 해도 드릴 수 없는 정보입니다."

"기개가 있군. 좋아. 그런데 잘못 짚었어."

"무슨 말씀이신지……."

제갈휘가 굳은 얼굴로 말을 이었다.

"지금 본단에 별다른 변고가 없는지만 확인해 주면 된다."

"변고라니요? 변고가 있었으면 지금쯤 연락이 왔을 텐데, 아직 아무 연락이 없었습니다."

"그래?"

제갈휘는 고민에 빠졌다.

그때, 유진천이 입을 열었다.

"그럼 본단에 연락을."

"연락이라니요? 어떤 연락을?"

말은 그렇게 하면서도 조붕의 얼굴을 썩어 들어갔다.

여기서 대충 해결한다면 그가 강호공적과 말을 섞었다는 사실은 알려지지 않을 것이다.

그렇지만 여기서 그들이 본단으로 연락을 취한다면 그가 강호공적을 마주하고도 아무런 조치를 취하지 않았다는 사실이 본단에 직접 알려지고 만다.

'이 어린 새끼들이 누굴 엿 멋이려고.'

조붕이 고민하던 그때, 유진천이 담담히 말했다.

"마인들이 사라졌다."

"네, 마인들이 사라졌…… 네? 뭐라구요?"

"마련의 마인들이 모두 사라졌습니다. 건물이 텅텅 비었습니다. 거기 남아 있는 것은 사해방도들의 시체뿐입니다."

"……"

조붕은 혼란스런 얼굴로 유진천을 가만히 바라보다가 파안대소를 터뜨렸다.

"하하핫! 농이 심하시군요."

"사실이다."

"지금 이 신강에는 비각 소속의 여덟 개 대와 각파에서 파견 나온 무인들을 합쳐 무려 오백이 넘는 인원들이 나와 있습니다. 모두가 그 마인들을 감시하기 위해서입니다! 마련의 총단을 중심으로 반경 일백 리가 모두 우리 측 무인들로 채워져 있습니다. 그런데 그들이 모두 이곳을 빠져나갔다구요? 불가능한 일입니다. 두서넛 정도는 어떻게 빠져나갈 수 있겠죠. 하지만 그런 대규모 인원이 우리의 눈을 모두 피했단 말입니까? 우리가 무슨 허수아비로 보이십니까?"

유진천은 고개를 저었다.

"토굴을 팠다."

"......"

"토굴을 파서 아래로 지나갔다. 그 토굴의 끝이 어디인지도 파악이 안 될 정도로 긴 토굴이다."

조붕은 입을 다물었다.

토굴?

마련의 마인들이 두더지처럼 땅을 파서 그 아래로 지나갔다는 말인가?

말도 안 되는 소리다.

마인들이 얼마나 자존심이 강한데 그런 일을 한다는 말인가.

하지만 만약에 진짜로 그런 일이 벌어졌다면?

조붕의 얼굴이 시퍼렇게 질렸다.

"사실입니까?"

"그렇다."

"강곡."

"예, 대주님."

"마련의 총단으로 가라. 확인해!"

"예, 알겠습니다."

강곡도 사태의 심각성을 알았는지 두말 없이 밖으로 튀어 나갔다.

제갈휘가 이죽거렸다.

"만약 우리 말이 거짓이면 저 사람 죽을 텐데?"

조붕은 고개를 끄덕였다.

"죽겠지요. 하지만 그가 죽는 게 차라리 나은 상황입니다."

"냉정하군. 아니, 합리적인가?"

"농담할 시간 없습니다. 정말 사실입니까?"

"그렇다니까."

"그런데 왜 우리에게 그런 사실을 알려 주는 겁니까? 당신들은 정천맹을 적대시하고 떠난 이들 아닙니까?"

제갈휘는 한숨을 쉬었다.

"그건 사실이지만, 마련보다는 정천맹이 낫거든."

"……."

"마인 놈들한테 정천맹이 당해 버리면 우리는 그 마련이랑 싸워야 하는데, 아무래도 마련이랑 싸우느니 정천맹이랑 싸우는 게 낫지 않겠어?"

조붕은 망설이는 듯하다가 구석으로 가 붓을 들었다.

그러고는 거기에 뭔가를 작성하더니 봉투에 넣었다.

"월(月)!"

"예, 대주님."

월이라 불린 자가 안으로 들어왔다.

"본단으로 보내라. 당장!"

"예, 알겠습니다!"

조붕은 유진천을 노려보았다.

"믿어 보겠습니다. 하지만 당신들이 나를 농락한 것이길 바랍니다."

제갈휘는 한숨을 쉬었다.

"결국 여기에는 정보가 없군. 아직 놈들이 움직이지 않은 것이길 바라야지."

유진천이 물었다.

"서찰이 본단에 도달하는 시간은?"

"길면 사흘, 짧으면 이틀."

"더 빠른 것은?"

"없습니다. 지금도 가장 빠른 편으로 보낸 것입니다."

"거꾸로 말하자면 본단에서 이곳으로 연락이 오는 데도 적어도 이틀의 시간은 필요하다는 말이군."

"그렇지요."

유진천이 목소리가 무거워졌다.

"그럼 이미 본단이 무너졌다고 해도 이곳에서는 알 수가 없겠군."

"……."

조붕이 파랗게 질린 얼굴로 유진천에게 말했다.

"본단이 무너지다니요?"

유진천은 고개를 저었다.

"가능성일 뿐이야."

조붕은 답답하기 그지없었다.

하지만 유진천을 닦달한다고 해도 뭔가 나올 것 같지는 않았다.

"명색이 정천맹입니다. 정천맹의 본단이 그리 쉽게……."

그때, 날카로운 비명 소리가 들려왔다.

"대, 대주님!"

조붕의 눈이 커졌다.

월이라 불린 사내가 허겁지겁 안으로 뛰어 들어와 뭔가를 내밀었다.

붉은 첩지.

조붕은 다리에 힘이 풀렸는지 그 자리에 힘없이 주저앉았다.

"이게 뭐지?"

"······적첩(赤帖)입니다."

"적첩?"

조붕은 떨리는 목소리로 대답했다.

"적첩. 본단에 변고가 생겼을 경우 날아오는 첩지(帖紙)입니다."

"상황은?"

조붕은 고개를 저었다.

"이런 식의 첩지의 경우, 급박한 상황이 닥쳤을 때 일제히 날리는 첩지인지라 따로 상황이 적혀 있지는 않습니다. 다만······."

조붕은 한참 동안 말을 않다가 마침내 기어 들어가는 목소리로 입을 열었다.

"붉은색의 첩지는 가정할 수 있는 최악의 상황. 본단이 무너질 상황에 날리는 첩지입니다."

제갈휘는 간단히 그 말을 해석해 주었다.

"최악이군."

유진천의 한숨과 제갈휘의 한숨이 동시에 방 안을 떠돌았다.

❖   ❖   ❖

"하오문 쪽은 정보가 없어."

"천하전장에서도 아직 정보를 받지 못했대."

"그렇겠지."

제갈휘는 의자에 기대어 천장을 바라보았다.

정천맹 총단에서 급보로 날린 것이 이제 겨우 도착했는데 다른 곳에서 파악한 정보가 벌써 신강까지 도달할 리가 없었다.

"미치겠군."

그 한마디가 제갈휘의 심정을 대변하고 있었다.

"전쟁이 일어날 것이라고는 생각했지만, 설마 단번에 정천맹의 중심으로 들어가 버릴 것이라고는 상상도 못했다. 마공자 놈은 대체 무슨 생각을 하는 거야?"

"그 미친놈 생각을 누가 알겠어."

남궁산은 드물게 매검의 생각에 동의했다.

확실히 마공사 하후상의 생각은 일반적인 사람으로서는 도저히 알 수가 없었다.

"이런 건 병법에 없어!"

제갈휘는 화가 난다는 듯 소리를 질렀다.

아마도 병법에 관한 한 천하에서 제일간다는 제갈세가의

후예인 그가 마공자의 생각을 조금도 읽지 못했다는 것이 마음에 들지 않은 모양이다.

"말이 안 돼, 말이!"

제갈휘는 책상을 내려쳤다.

"뭘 그렇게 짜증내고 있는 거냐?"

매검이 이상하다는 듯이 물었다.

상황이 최악이라는 것은 그도 알 수 있었다.

그런데 제갈휘의 반응은 전혀 예상외였다.

보통 이러한 경우일수록 여유를 가지고 상황을 비웃는 것이 제갈휘의 일반적인 반응이었다.

"그 미친놈은 대체 뭘 생각하고 있는 거지?"

"……뭘 생각하냐니? 정천맹을 무너뜨리고 천하를 집어삼킬 계획이겠지."

제갈휘가 고개를 저었다.

"그게 아냐."

"응?"

"그놈은 천하를 먹을 생각이 없어."

매검이 고개를 가웃했다.

"그게 무슨 소리야?"

"악수 중의 악수다. 들어가서는 안 되는 곳으로 당당히 들어가 버렸어."

"뭔 개소리를 하는 거야? 정천맹 총단이 당했는데."

제갈휘는 한숨을 쉬었다.

"그래, 총단이 당했지. 덕분에 그 마인 놈들은 자신들의 위치를 다 까발렸고, 이제 중원 한복판에서 고립무원이 됐지."

"응?"

"그들의 본거지인 신강과 중원 사이의 거리를 생각해 봐. 이미 모습을 노출한 그들이 다시 신강으로 빠져나올 수 있을 것 같냐? 무리야. 몰랐기에 당한 거지, 알면 당하지 않아. 거꾸로 생각하면 그놈들은 이 넓은 중원 한중간에 고립된 거라고."

"……세 방향으로 나눴잖아."

"어느 쪽으로 가든 똑같아. 넌 이해를 전혀 못하고 있군."

"뭘?"

"마인이 얼마나 될 것 같냐?"

"일천 정도 되잖아."

"일천이다, 일천. 소림에만 일천의 무승이 있고, 구파일방의 문도를 다 합치면 몇 만은 될 거야. 거기에 오대세가나 그 외의 다른 중소 문파까지 합치면 정천맹과 연관이 되어 있는 이들의 수는 십만에 다다를 거야. 아니, 넘을지도 모르지."

"……"

"십만 대 일천이다. 범을 천 마리 풀어놓는다고 양 십만 마리를 상대할 수 있을 것 같아? 그것도 무리 한중간에 풀어놓고 그 양들이 모두 범을 상대하겠답시고 덤벼든다면?"

"으음……."

매검은 고개를 갸웃했다.

제갈휘의 말을 들으니 확실히 상황이 좀 이상했다.

"하지만 전에도 그들은 그걸 했잖아."

"용이 있었으니까. 범과 양들이 싸우는 가운데 허공에서 용이 노닐고 있었다고 생각해 봐라. 어차피 둘 다 용에게서 벗어나지 못해."

"하후패 말인가?"

"그래. 하후패는 그만큼이나 절대적이었어. 하후패가 아니었다면 중원도 그렇게 속절없이 밀리지는 않았을 거야. 마련에 하후패가 없다. 그 사실을 알고 있기에 중원도 한숨 돌릴 수 있던 거지."

"그렇군."

제갈휘는 그 뒤에 붙여야 할 말을 속으로 삭였다.

'거꾸로 말하면 중원에서 무슨 짓을 해도 하후패를 감당할 수 없으니 손을 놓아 버린 거라고도 할 수 있지.'

"여하튼 하후패가 없는 마련이야. 아무리 그들이 강하다고 해도 십만의 정천맹이 감당하지 못할까? 최소한 박빙은 될 거다. 그런데 한중간으로 들어가 버렸어. 사방이 적이다. 이건 배수진보다 더한 짓거리야."

"대신에 머리를 잡았잖아."

"머리?"

제갈휘는 웃어 버렸다.

"너는 한 번이라도 정천맹이 네 머리라고 생각한 적 있나?"

"……."

"아니겠지. 네 머리는 너 자신이든가, 아니면 네 가문이 되겠지. 다른 이들도 똑같아. 겉으로는 정천맹의 명에 따르는 것 같지만, 그들이 최종적으로 따르는 것은 각 문파의 결정이다. 처음부터 정천맹에 머리 같은 것은 없었어. 정천맹은 그저 연합일 뿐이니까. 체계가 뒤흔들리기는 하겠지만, 마련의 위치를 아는 자들은 체계를 뛰어넘어 살아남을 방도를 찾겠지. 아니면 죽을 테니까."

남궁산이 손을 들었다.

"이해가 잘 안 가는데?"

제갈휘는 한숨을 쉬고 말을 이었다.

"집 밖에 강도가 있으면 어떻게 할 거냐?"

"집 안으로 도망가겠지."

"집 안에 강도가 칼을 들고 설치고 있다면? 그런데 네 집 안에는 도망칠 수 없는 노모도 있어."

남궁산은 당연하다는 듯이 말했다.

"싸워야지."

제갈휘는 고개를 끄덕였다.

"그래, 싸워야지. 지금이 바로 그 상황이야. 중원이라는 집 한가운데에 마련이라는 칼 든 강도가 출현했어. 그들이 만약 신강 땅에서 북상했다면 도주하는 이도 생길 것이고, 문을 걸어 잠그는 이들도 생겼겠지. 그런데 지금 그들은 단번에 집 안으로 들어와서 칼을 뽑아 들었어."

제갈휘는 혀로 입술을 한 번 축이고는 다시 말을 이었다.

"죽을 각오로 덤비라고 소리치는 것처럼 말이야. 아무리 나약한 상대라도 목숨을 걸게 되면 위협이 된다. 그런데 이 미친놈들은 상대의 무장을 강요하고 있어."

매검의 얼굴이 딱딱하게 굳어졌다.

"네 말은 지금 마련이 스스로도 피해가 클 것 같은 방법을 굳이 사용하고 있다는 말인가?"

"그래. 그리고 그렇게 되면 마련뿐 아니라 정천맹도 엄청난 피해를 입는다. 이건 병법이 아니야. 병법은 나의 피해를 최소화하면서 적의 피해를 늘리는 거야. 그런데 마공자는 그런 방법을 쓰지 않았어. 더욱 쉽고 확실한 방법을 놔두고 상황을 난전으로 몰아가 버렸지. 마치……."

제갈휘는 망설였다.

다음에 이어질 말은 이치에 맞지 않았다.

마공자가 할 생각은 절대 아니다.

아니, 결단코 아니어야 했다.

그럼에도 그의 머리가 내리는 결론은 오직 하나뿐이었다.

"마치 공멸을 바라는 것 같아. 마련과 정천맹이 모조리 서로 싸워서 모두가 없어져 버릴 생각이 아니라면 이런 미친 짓은 할 수가 없어."

모두가 입을 다물었다.

"이걸 뭐라고 해야 하지? 난 뭐라고 설명을 못하겠어. 하나 확실한 건…… 만약 이 뒤에 뭔가 숨겨 둔 것이 없다면, 마공자 그 새끼는 정말 미친놈이야. 그냥 미친 것도 아니고, 정말 제대로 돌아 버린 새끼라고."

말을 끝낸 제갈휘는 스스로도 치미는 화를 감당할 수 없는지 몇 번이고 심호흡을 했다.

남궁산은 그 말을 모두 이해할 수는 없었지만, 전에 본 적 없는 제갈휘의 달아오른 얼굴에 지금의 상황이 심상치 않다는 것을 이해할 수 있었다.

"그러면……."

남궁산이 입을 열었다.

"우린 뭘 해야 하지?"

"……."

모두 말이 없었다.

남궁산의 말은 핵심을 정확하게 찌르고 있었다.

상황이 어찌 되었든 지금 중요한 것은 그들이 어떻게 움직일 것인가이다.

다른 것은 다음에 생각해도 될 일이었다.

"뭘 해야 할까……."

제갈휘마저도 대답을 내놓지 못했다.

그러자 남은 이들은 모두 유진천을 바라보았다.

별다른 대책이 없는 상황이라면 답을 내놔야 하는 이는 유진천이다.

여기 있는 모두는 그렇게 생각하고 있었다.

유진천이 감고 있던 눈을 떴다.

"가야지."

"가다니, 어디로?"

"중원으로."

"……."

"여기서 이러고 있어 봤자 아무것도 달라지지 않아. 어차피 신강은 중심에서 벗어난 땅이 되어 버렸으니까. 그러니 중원으로 간다. 무슨 일을 벌이든 일단은 중원으로 가야 해."

제갈휘가 입을 열었다.

"잘 생각해야 해. 우린 지금 마련에게도 적이고, 정천맹에게도 적이야. 정천맹과 함께 싸운다고 해서 그들이 우리에게 칼을 들이밀지 않으리란 법은 없어. 너도 알다시피 우리에게 원한을 가진 이들도 은근히 많으니까."

"그렇다 해도 결국은 중원으로 갈 수밖에 없겠지."

제갈휘는 쓰게 웃었다.

그건 확실히 맞는 말이었다.

이곳에 앉아서 정천맹과 마련이 동시에 괴멸하는 것을 지켜볼 수는 없으니까.

'아니, 어쩌면 그게 우리가 얻을 수 있는 최선의 방법일지도.'

정천맹의 공적이자 마련의 적인 그들에게 있어서 두 세력의 공멸보다 좋은 것은 없었다.

문제는 그 도중에 상상도 할 수 없는 피가 중원에 뿌려질 것이라는 점이었다.

적어도 십만이 죽는다.

그와 관련된 인원들까지 죽어 나가면 백만 단위는 우습게 죽어 나갈 것이다.

그리고 혹시 마련이 정말로 중원을 초토화시킬 생각이라면 백만 단위로는 끝나지 않을 것이다.

나라와 나라 간의 전쟁이 벌어진 것도 아닌데 이만한 인원이 죽어 나가는 것은 상식적으로 있을 수 없는 일이었다.

'이건 이미 전쟁이다.'

제갈휘는 현실을 인정해야 했다.

마공자 하후상이 천하를 전란의 소용돌이로 몰아넣고 있었다.

"제갈휘."

"응?"

"마련에서 우리의 움직임을 파악하고 있었을까?"

"……무슨 소리냐?"

"말 그대로다. 우리가 정천맹을 벗어난 이후부터 이곳으로 오는 것을 알고 있었을까?"

제갈휘는 잠시 생각하더니 고개를 끄덕였다.

"알고 있었을 거다. 적어도 하후상은."

"그렇겠지?"

"그래. 그런데 그게 뭐?"

"왜 기다렸을까?"

"뭔 소리야?"

"마공자가 움직인 시기와 우리가 정천맹을 빠져나온 시기가 일치한다."

"그야 뭐……."

"게다가 우리가 정천맹을 나오게 된 것도 생각해 보면 이상한 일이야."

"응?"

유진천은 위지화영을 힐끔 바라보고는 입을 열었다.

"천당이 점창에 쳐들어가 정천맹을 협박했지."

"뭐. 그야…… 잠깐만!"

제갈휘의 얼굴이 굳어졌다.

"천당주는 어리석은 사람이 아니야. 오히려 무척이나 현명한 인물이지. 그런데 그의 행동이 자신의 딸에게 역효과가 될 수도 있다는 것을 정말 몰랐을까?"

"……."

"그 행위 덕분에 위지화영은 완벽히 정천맹에서 고립되어 버렸고, 우리는 그 덕분에 정천맹과 척을 져야 했지. 만약 천당주가 움직이지 않았다면 조금은 쉽게 풀어낼 수 있었을지도 모른다. 그런데…… 천당주는 왜 그런 행동을 했던 걸까?"

"고립시키려고."

"누구를?"

"위지화영을."

"왜?"

제갈휘가 자신이 짜낼 수 있는 유일한 해답을 내뱉었다.

"우리를 정천맹 밖으로 끌어내기 위해."

유진천은 고개를 끄덕였다.

"그 이후는 간단하지. 정천맹의 추적을 피하기 위해서는 신강 주변으로 갈 수밖에 없으니까. 우리가 신강으로 간다는 것을 당연히 알았을 거다. 그런데…… 대체 왜 우리가 신강으로 오길 기다려서 일을 벌인 걸까? 단순히 시기가 겹친 건가, 아니면……."

제갈휘는 대답할 수 없었다.

모르는 것을 대답할 수는 없는 법이니까.

하지만 한 가지는 확실했다.

만약 유진천이 말하고 있는 것이 진실이라면 사해방에서 일이 터진 이후부터 유진천 일행의 움직임은 모두가 마공자의 뜻대로 이루어진 것이라는 사실이었다.

마치 꼭두각시처럼.

"말도 안 돼. 그야말로 인간의 능력을 벗어나는 일이야."

"하지만 너무 공교롭군."

"그렇긴 하지만……."

제갈휘는 공포를 느꼈다.

그의 머리는 인정하지 않으려 하지만, 본능은 이 모든 것이 마공자의 손바닥 위에서 놀아난 사실이라고 말하고 있었다.

유진천과 그들 모두 마공자가 만들어 놓은 각본대로 움직이고 있던 것이다.

"왜 우리를 전장에서 이탈시킨 걸까?"

"네가 총단에 있으면 습격할 수 없으니까?"

유진천은 고개를 저었다.

"그가 내 무위를 그 정도로 파악하고 있었다면 천마 둘을 보내서 나를 죽이려 하지는 않았을 거야. 아니, 죽이려

하지 않은 걸까? 그렇다고 해도…….”

유진천은 뭔가 생각하는 듯 눈을 감았다.

제갈휘는 그 광경을 보며 한숨을 쉬었다.

‘천하는 넓다.’

제갈휘는 최근만큼 그 말을 실감한 적이 없었다.

머리 하나로 천하를 움직인다는 제갈세가에서도 자신만큼 뛰어난 인재는 없었다.

제갈휘는 자신의 머리만으로도 천하를 지배할 수 있다고 믿고 살았다.

그 믿음이 유진천을 만나며 깨어졌고, 최근에는 남궁산 덕분에 부서지고 있었다.

유진천은 그의 상식을 벗어나는 존재였고, 남궁산은 그의 존재감을 오 년 만에 뛰어넘어 버린 인간이었다.

제갈휘는 그 둘을 인정했다.

세상에는 그가 움직일 수 없는 사람도 존재한다는 사실을 인정한 것이다.

그런데 마공자 하후상은 그 두 사람마저 무기력하게 만들고 있었다.

이 머나먼 신강 땅에 앉아서 그들을 마치 경극 속의 등장인물들처럼 마음대로 부리고는 제갈휘의 이해 범주를 뛰어넘는 짓을 제멋대로 행해 대고 있었다.

처음에는 분노했고, 분노가 가라앉은 다음에는 경의가

찾아왔다.

이제는 공포마저 느껴졌다.

과거, 마공자에게서 끝없는 무위를 보았다.

같은 공간에 존재하는 것만으로도 숨이 막혀 오는 그 강대한 무위.

제갈휘는 그때도 공포를 느꼈다.

하지만 이제 제갈휘는 알 수 있었다.

마공자가 두려운 것은 그의 무위 때문이 아니다.

설사 무공 한 수 배운 적이 없는 백면서생이라 해도 제갈휘는 그가 두려울 것이다.

제갈휘는 생전처음으로 지배당하는 무력감을 맛보아야 했다.

"어쨌든 일단 중원으로……."

그때, 남궁산이 입을 열었다.

"그런데 말이야……."

"음?"

"만약에 그가 우리가 움직일 것을 모두 예상했다면 지금 우리가 중원으로 향하는 것도 알고 있겠네?"

"……."

제갈휘는 이를 갈았다.

"알겠지. 그것 외에는 다른 방법이 없으니까."

"그렇구나."

남궁산이 머리를 긁었다.

"그럼 그다음에 뭘 할지도 그는 알고 있겠네. 어떻게 사람이 그럴 수가 있지?"

"사람이 아니겠지."

제갈휘는 대수롭지 않게 말했다.

"잠깐……."

제갈휘가 고개를 획 돌려 남궁산을 바라보았다.

"너, 뭐라고 했지?"

"응? 사람이 어떻게 그럴 수 있냐고."

"아니, 그전에 말이야!"

"……나는 그냥 그가 우리가 다음에 어떻게 움직일지도 다 알고 있을 거라고."

순간, 제갈휘는 눈을 크게 떴다.

"유진천."

"말해."

"넌 중원으로 들어가서 어떻게 움직일 생각이었지?"

"일단은 남아 있는 자들을 끌어 모아 마련과 싸워야겠지."

"남아 있는 자들……."

제갈휘가 깊은 생각에 잠겼다.

"남아 있는 자들, 무너진 총단, 신강으로 빠져나온 우리, 그리고 위지세가."

제갈휘는 제멋대로 흩어져 있는 조각들을 하나로 끼워 맞추기 시작했다.

"그렇다면 결론은 하나야. 문제는 왜 그런 짓거리를 하느냐는 건데……."

"응?"

남궁산이 물었다.

"무슨 결론인데?"

"우리가 위지세가를 끌고 중원으로 들어가면 어떻게 될까?"

"뭘 어떻게 돼? 정천맹과 같이 싸우겠지. 마련 입장에서야 좋을 게 없지. 그래서 우릴 신강으로 끌어낸 것 아냐?"

제갈휘는 고개를 저었다.

"그게 아냐. 생각해 봐. 우리는 강호공적이야. 그런데 정천맹을 배신한 위지세가까지 끌고 신강에서 중원으로 향하면 정천맹은 어떻게 생각할까? 우리 생각처럼 함께 싸울 동료라고 생각하고 우리를 받아들여 줄까?"

"……."

매검은 고개를 저었다.

"아니겠지. 나라면 적이라고 생각할 것이다."

"마련은 지금 중원 한가운데에 포위되어 있어. 이런 상황에서 가장 좋은 전술은 누군가 밖에서부터 뚫고 들어오는 거지. 정천맹은 마련을 상대하기 위해서 안을 굳힐 테니까.

상대적으로 약해져 있는 밖에서 누군가 뚫고 들어가 준다면 정천맹은 안팎으로 적을 상대해야 하니 혼란에 빠지겠지. 그것도 마련의 세력으로는 전혀 생각하지 않던 우리라면 그 혼란은 더욱 가중될 테고."

"그렇겠지."

"그럼 정천맹, 아니, 중원은 끝이야."

"……."

"심장부에 틀어박힌 호랑이가 약해진 견제를 뚫고 양 떼 속에서 날뛰게 되겠지."

"음……."

제갈휘는 소름이 돋았다.

만약 그들이 아무 생각 없이 중원으로 향했다면 그것만으로도 마련을 도와주는 결과가 되어 버렸을 것이다.

그리고 마공자는 그 틈을 놓치지 않고 순식간에 중원을 집어삼킬 것이다.

상리에 벗어난 움직임을 통해 아군이 아닌 자들조차 이용한다.

'솔직히 무서울 정도다.'

제갈휘는 미소를 지었다.

마공자의 귀계는 확실히 공포스러울 정도였다.

하지만 그 귀계의 정체가 무엇인지 알아낸 이상. 파훼할 방법은 있기 마련이었다.

제갈휘는 슬쩍 고개를 돌려 남궁산을 바라보았다.

'저놈 덕분인가.'

제갈휘는 지그시 입술을 깨물었다.

남궁산은 병법을 모른다.

제갈휘처럼 많은 것을 고려하고 많은 것을 생각하여 최선의 해법을 찾으려고 하지 않는다.

그런데도 남궁산의 생각은 때때로 사태의 본질을 가장 명확하게 꿰뚫었다.

만약 남궁산이 아니었다면 제갈휘는 위지세가를 이끌고 중원으로 향했을 것이고, 그들이 제대로 된 뜻을 전하기도 전에 정천맹이 그들을 적으로 규정하고 막으려 들었다면, 말 그대로 중원이 끝장났을 것이다.

제갈휘는 고개를 절레절레 저었다.

남궁산이 핵심을 꿰뚫었다고 해도 그것을 이용할 수 있는 이는 오직 자신뿐이었다.

지금 남궁산에게 이상한 감정을 느끼고 있을 상황이 아닌 것이다.

'여하튼 사람 열 받게 하는 놈이군.'

남궁산이 다시 손을 들었다.

"또 왜?"

"그냥 정천맹에 미리 말해 놓고 들어가면 안 돼?"

"뭔 소리야?"

"아까 정천맹 쪽에 다녀왔다며? 그쪽에다 미리 말해서 우리가 적이 아니라고, 마련과 싸우기 위해서 중원으로 간다고 말하면 안 되냐고."

"어디에."

"응?"

"총단이 박살 났는데 어디에다 그 말을 할 건데?"

남궁산은 순간 꿀 먹은 벙어리가 되었다.

제갈휘는 그런 남궁산을 보며 한숨을 쉬었다.

'내가 고작 저런 놈에게…….'

"게다가 만약 그 사실을 전할 수 있다 해도 정천맹 쪽에서 우리를 신뢰할 것이냐는 별개의 문제다. 내가 정천맹의 입장이라면 최소한 우리가 배신할 상황에 대해서 대비는 할 거야. 그리고 그 대비가 마련 입장에서는 기회가 되겠지."

"하지만 우리가 왜 마련 편을 들겠어. 그럴 일이 없다는 건 정천맹도 알 것 아냐. 바보가 아니니까."

"바보가 아니니까 그런 생각을 하겠지."

"어째서?"

"신강으로 들어왔으니까. 신강에 있는 우리가 살아 있으니까. 마련이 우리를 죽이지 않았으니까."

"아……."

"이유는 다르겠지만, 우리가 신강으로 들어와서 마련과

충돌하지 않았다는 것은 사실이야."

"마련십천마는?"

"그게 제일 문제야."

제갈휘가 유진천을 힐끔 바라보았다.

"나라도 서른도 안 된 애송이가 마련십천마 중 둘을 죽였다는 걸 믿느니 차라리 마련이 우리와 연합을 하여 속였다고 믿겠어. 그게 백배는 더 신빙성이 있으니까. 게다가 과거의 계략을 쓰지 않던 마련과는 다르게 지금의 마련은 마공자가 있으니 더 의심하겠지."

남궁산마저도 그 부분은 확실하게 이해했다.

상식적으로 생각해 볼 때, 차라리 자신들이 마련과 손을 잡았다는 것이 더 신빙성 있게 들릴 것이다.

제갈휘는 유진천을 바라보았다.

"상황이 정리된 것 같아."

"원칙은?"

"그들이 원하는 대로 움직이지 않는 것이 첫째, 그러면서 우리가 최대한 이득을 가져가는 것이 둘째."

"방법은?"

제갈휘는 숨을 몰아쉬었다.

"우선 중요한 것은 마련과 정천맹의 전선을 흐트러뜨리지 않는 것. 그러면서도 중원으로 들어가야 해."

유진천은 고개를 끄덕였다.

쉽지 않은 방법이었다.

"그게 아니라면……."

제갈휘가 눈을 빛냈다.

"마공자의 예상 이상으로 요란하게 중원으로 향해 버리는 방법이 있지."

"어느 게 더 낫지?"

"둘 다."

"알았다."

유진천은 고개를 끄덕이고는 생각에 잠겼다.

그리고 마침내 눈을 뜨고는 입을 열었다.

"움직인다."

"방법은?"

"움직일 수 있는 세력이 있다."

"응?"

"그들을 움직인다면 두 가지를 동시에 충족시킬 수 있겠지."

제갈휘가 고개를 갸웃했다.

"세력이라고?"

그날 밤.

제갈휘는 지붕 위에 누워 달을 바라보았다.

낮게 뜬 달이 꽤나 운치가 있었다.

"뭐하냐?"

지붕 위로 한 사람이 더 올라왔다.

"왜 방해하고 난리야."

"혼자서 궁상 떠는 꼴이 보기 싫어서 위로라도 해 주려고 왔더니."

"위로? 무슨 위로?"

"됐다, 이 자식아. 이거나 받아라."

매검이 제갈휘를 향해 병을 던졌다.

"술?"

"좋은 건 못 구했다. 상황이 상황이니까."

"큭, 꼴값 떠는군."

제갈휘는 마개를 열어 병째 술을 들이켰다.

"크, 쓰군."

"화주(火酒)니까."

제갈휘는 말없이 몇 모금 술을 더 마시더니 술병을 매검에게 던졌다.

"자."

매검도 말없이 술을 들이켰다.

"확실하지도 않은 일인데 벌써부터 궁상을 떨어서 되겠냐?"

"확실하지 않다라……."

제갈휘는 피식 웃었다.

"거기서 혼자 살겠다고 빠져나올 사람은 아냐."

"미래를 대비해야지."

"게다가 마공자라면 가장 먼저 죽여야 할 사람이지. 맹주 대리니까."

"음······."

제갈휘는 씁쓸하게 말했다.

"어차피 별달리 정 붙이고 살아 본 적 없는 사람이야. 없는 거나 마찬가지였는데, 이 기회에 진짜 없어진 것뿐이지."

"그렇군."

"그래도······."

제갈휘는 한동안 말없이 허공을 바라보다 작게 말했다.

"아무렇지도 않을 줄 알았는데 말이야."

매검은 술병을 다시 제갈휘에게 집어 던졌다.

"넌 왜 집을 나온 거냐?"

"신물이 났을 뿐이야."

"신물?"

"목적을 이루기 위해서 누군가를 멋대로 이용하는 게 당연하다고 생각하는 그 사고방식이 마음에 안 들었어."

"네가 할 말인가, 그게?"

"자기 자신마저도 말이지."

"······."

"목적을 이루기 위해서는 스스로의 죽음도 돌보지 않아. 그게 제갈세가가 사는 방법이지. 병법을 이루기 위해 살아가고, 병법이 최우선이지. 자식도, 아내도, 그 자신의 목숨마저도 목적을 이루기 위한 수단으로 사용할 수 있는 이들. 그런 것에 염증이 났을 뿐이야."

"그래서 집을 등졌나?"

"등진 건 아냐. 뭐, 어쨌든 적은 두고 있었으니까. 다만 학관으로 온 이후 연락을 안 했을 뿐이지. 그랬더니 자기들도 연락 안 하더군. 그렇게 뭐 갈라선 거지."

매검은 고개를 끄덕였다.

"그래서 이젠 남이라고 생각했는데, 남이 죽은 것뿐인데…… 이상한 일이지. 이상하게 자꾸 신경이 쓰인다."

"남이 될 수는 없어."

"……."

"혈육이니까."

"웃긴 말이군."

제갈휘는 가만히 눈을 감았다.

언제나 무뚝뚝한 얼굴이었다.

살아오면서 단 한 번도 그가 자신을 향해 웃어 주는 것을 본 적이 없었다.

부자 관계라고는 하지만 딱히 남보다 더 낫다고 말할 수 없는 사이였다.

그럼에도…….

제갈휘는 바닥에 술을 쏟았다.

그 술의 의미는 오직 제갈휘만이 알 것이다.

"살아 계실 거야."

"……."

"살아 계실 거다."

제갈휘는 미소를 지었다.

"나한테 하는 말이냐, 너한테 하는 말이냐?"

천당주에게 습격을 당한 검학을 두고 하는 말이었다.

검학 역시 그날 이후로 생사 불명이었다.

"할아버님은 당연히 살아 계시지. 난 걱정 안 한다."

"……."

"검학을 죽일 수 있는 사람은 없어."

"그래, 그렇겠지."

제갈휘는 매검을 보며 웃었다.

"우리야 그렇다 치고, 그놈은 괜찮냐?"

"누구? 남궁산?"

"그래. 총단에 아마 제 형이 있었을 텐데."

매검은 고개를 저었다.

"모르겠다. 딱히 티는 안 내던데."

제갈휘는 한숨을 쉬었다.

'남궁산.'

그 역시 그들처럼 가문에서 경원받던 존재였다.

그들과 남궁산의 차이라면, 그들은 달라진 것이 없지만 남궁산은 서서히 가문의 인정을 받는 처지였다는 것이다.

그대로 시간이 흘러갔다면 훗날 가주가 되는 것도 꿈은 아니었다.

하지만 남궁산 스스로가 그 모든 것을 버리고 그들을 따라나섰다.

딱히 그에 대해 말한 적은 없지만 제갈휘는 그 선택이 얼마나 어려운 것인지 잘 알고 있었다.

자신이 같은 상황이었다면 그럴 수 있었을까?

알 수 없는 일이었다.

"지렁이 새끼를 데려다 키웠더니 구렁이가 되어 버렸군."

"구렁이?"

"뭐, 이무기라고 하더라."

매검은 피식 웃었다.

"요즘은 패검룡(覇劍龍)이라 불리더라. 용이란다, 용."

"용이라……."

제갈휘는 쓴웃음을 지었다.

눈도 제대로 마주치지 못하고 벌벌 떨어대던 녀석을 본 것이 엊그제 같은데, 몇 년 지나지도 않아 용이라 불리는 후기지수가 되어 있었다.

당시에는 그저 귀여워서 데리고 다니던 동생 같은 녀석이 이제는 그도 한 번씩 의지할 정도로 커 버렸다.

"진짜 용인지도 모르지."

"응?"

"만약에 우리 중 누군가가 나중에 정천맹주가 된다고 생각해 보자."

"그럴 일 없어."

"그렇겠지?"

"당연하지."

제갈휘는 피식 웃었다.

"그래, 그럴 일 없겠지. 그런데 만약 그렇다 치고 그 자리에 어울릴 만한 사람이 누굴까?"

매검은 순순히 대답했다.

"남궁산이지."

"역시 그렇겠지?"

"너는 머리를 너무 써서 안 돼."

"너는 적이 너무 많고 성격이 모났지."

"네 말이 맞다. 정말 용이 되어 버렸군."

"그래. 하나만 더 갖추면 말이야."

"응?"

제갈휘는 대수롭지 않게 말했다.

"독심(毒心). 혈육이라도 필요하다면 잘라 낼 수 있는 독심이 있다면 그놈은 정말 무서운 놈이 될 거야."

"그럴 일은 없을 것 같은데? 그 순둥이가?"

"그러니 아직 우리가 친구로 남아 있는 거겠지."

"무슨 뜻이야?"

제갈휘는 고개를 저었다.

"아냐, 아무것도."

제갈휘는 쓸쓸한 눈으로 다시 달을 바라보았다.

'그러지 않길 바라야지.'

밤이 깊어갔다.

❖   ❖   ❖

남궁산은 흔들리는 마음을 다잡지 못했다.

"형님……."

친우들 앞에서는 티를 내지 않기 위해 애썼지만, 그를 유일하게 믿어 주던 형의 생사를 알 수 없다는 사실이 마음을 괴롭게 했다.

'살아 계신 거겠죠? 그렇죠, 형님?'

남궁산은 얼굴을 감쌌다.

만약…….

자신이 이들을 따라오지 않았다면, 정천맹에 남아 있었다면 형을 구할 수 있었을까?

지금 자신의 능력이라면 맞서 싸우지는 못해도 형을 데리고 탈출하는 것은 가능하지 않았을까?

그렇다면…….

형이 죽었다면 그건 자신 때문이 아닐까?

남궁산은 고개를 저었다.

아니다.

그런 건 아니었다.

자신은 최선의 선택을 했다.

그리고 선택에는 언제나 포기해야 하는 것이 있기 마련이다.

어떤 것을 포기해야 하는지 알지 못했다고 해서 이미 결정한 선택을 되돌릴 수는 없었다.

남궁산은 그걸 알고 있었다.

후회하지 않는다.

다만…….

조금쯤은 위로받고 싶을 뿐이다.

천하에 하나 있는, 믿을 수 있는 혈육이 생사를 알 수 없게 된 현실을 누군가에게 조금이나마 위로받고 싶을 뿐이었다.

남궁산의 발걸음이 자신도 모르게 어떤 곳으로 향했다.

"……."

그의 발이 멈춘 곳.

그곳은 어떤 방의 문 앞이었다.

남궁산은 손을 들어 방문을 향해 가져갔다.

방문을 두드리려던 손이 멈춰졌다.

남궁산은 한참 동안 그렇게 멈춰 서 있다가 손을 내렸다.

'아냐.'

남궁산은 고개를 가로젓고는 몸을 돌렸다.

아니다.

이건 아니었다.

위로받고 싶다는 핑계로 다른 것을 찾고 있을 뿐이었다.

남궁산은 힘없이 웃어 버렸다.

'정말 못났네, 나.'

남궁산은 힘없이 걸었다.

무력감과 자신에게 느끼는 깊은 경멸이 온몸을 사로잡았
다.

'나라는 놈은 조금도 크지 못했구나.'

눈물이 날 것만 같았다.

그때, 남궁산의 고개가 살짝 들렸다.

그리고 그는 근처에 있는 나무 뒤로 몸을 숨겼다.

'내가 왜 숨는 거지?'

방문이 열리고 한 사람이 밖으로 걸어 나왔다.

그, 아니, 그녀는 가벼운 걸음걸이로 남궁산이 아주 잘
아는 곳으로 향했다.

똑똑.

문을 두드리고 문 안으로 들어간다.

남궁산은 그 광경을 지켜보다 나직하게 웃었다.

쓸쓸함과 허무가 뒤섞인, 무척이나 어두운 웃음이었다.

'나는 아무것도 가지지 못하는구나.'

남궁산은 소리 내지 않고 웃었다.

'아무것도…….'

남궁산의 마음속에서 무언가가 무너져 내렸다.

남궁산은 고개를 들어 그녀가 들어간 곳을 가만히 바라보고는 천천히 몸을 돌렸다.

'친구.'

그의 친구가 있는 곳.

유진천의 방.

남궁산은 고개를 들어 하늘을 바라보고는 눈을 감았다.

그에게 모든 것을 준 친구.

그리고 그가 진정으로 원하는 것은 모두 가져가 버린 친구.

남궁산은 그 친구를 위해서라면 자신의 모든 것을 포기할 수 있었다.

지금 남궁산이 가진 모든 것은 그가 준 것이니까.

그 사실만은 단 한 번도 의심하지 않았다.

그럼에도…….

메워지지 않는 것은…….

남궁산은 고개를 젓고 방으로 향했다.

긴 밤이 될 것 같았다.

69장
전쟁(戰爭)

천하가 요동쳤다.

하남에서 전해져 온 소식은 처음에는 비웃음을 낳았고,
다음에는 의심을 낳았으며, 최종적으로는 경악과 공포를 온
천하로 퍼뜨렸다.

—정천맹의 본단이 단 하루 만에 무너졌다.

—웅장하던 정천맹의 본단은 주춧돌마저 불타 없어졌으
며, 그 안에 있던 이들은 모두가 죽었다.

—그리고 그 정천맹을 불태운 이가 바로 마련이다!

소식을 들은 이들은 모두가 솜털조차 곤두서는 공포에 전율해야 했다.

마련의 출현만으로도 감당할 수 없는 공포를 몰고 오는 일이다.

그런데 그 마련이 정천맹의 본단에 나타나 정천맹을 무너뜨렸다는 사실이 전해지자 공포는 극에 달했다.

그리고 그 공포가 채 식기도 전에 두 번째 소식이 천하를 뒤덮었다.

―소림이 멸문지화(滅門之禍)를 당했다.

―마련의 마인들이 소실봉을 모두 불태웠다.

이 소식이 가져다준 충격은 첫 번째 소식보다 더 거대했다.

소림이 어디인가.

중원의 무학의 태산북두이자 그 근원이라 할 수 있는 곳이었다.

수많은 외적의 침입과 수많은 세력의 발호 속에서도 소림은 그 명맥을 이어 갔다.

소림이 무너지지 않는 이상 강호는 무너지지 않은 것이다.

그런데 그 소림이 무너졌다.

중원의 정신적 지주이자 최후의 보루가 전쟁의 시작과 동시에 멸문지화를 당했다.

소림의 무승들은 단 하나도 살아남지 못했고, 무학의 보고인 장경각은 불타올라 이제는 건물조차 남기지 못했다.

아직 충격에서 벗어나지 못한 이들에게 세 번째 소식이 들려왔다.

—황궁이 전복됐다.

—황제가 목숨을 잃었고 황제를 수호하던 금위위들은 모두 참살당했다.

세 번째 소식을 들은 이들은 이제 할 말이 없을 지경이었다.

황궁이 무너졌다는 건 나라가 무너졌다는 것을 의미한다.

백만의 적군이 쳐들어온 것도 아니고, 장성을 넘어 이민족이 침입해 온 것도 아닌데 황궁이 무너졌다.

단 하루.

단 하루 만에 이 모든 일이 벌어졌다.

그리고 그들은 느껴야 했다.

전쟁.

천하를 뒤덮은 거대한 전쟁이 지금 눈앞으로 다가왔다는 것을.

더구나 그 전쟁은 지금까지처럼 먼 곳에서 다가오는 것이 아니었다.

그들이 살고 있는 곳에서 벌어지고 있는 전쟁이었다.

바로 눈앞에서 사람들이 죽어 나가고 그들이 살고 있는 터전이 불타오를 것이다.

무인들은 싸우기 위해 검을 들었다.

하지만 그들은 어디서 어떻게 싸워야 할지 알지 못했다.

무인이 아닌 자들은 피난을 위해 짐을 쌌다.

하지만 그들은 대체 어디로 달아나야 좋을지 알지 못했다.

끝없는 혼란이 천하를 지배하고 있었다.

❖   ❖   ❖

"상황이! 상황이 대체 어떻게 흘러가고 있는 거요!"

청성 장문인 백상송(白長松)은 자신도 모르게 고함을 질렀다.

그는 사방팔방에서 들려오는 소식에 정신을 차릴 수 없을 지경이었다.

"총단에 있는 문 장로는?"

"아마도 살아 돌아오시지 못한 것 같습니다."

"이 간악한 놈들!"

백장송은 이를 갈았다.

문 장로뿐만이 아니었다.

총단에는 적어도 서른 이상의 청성 문도가 이런저런 이유로 머물고 있었다.

한데 그들 모두가 죽은 것이다.

"그들은 어디로 움직였소?"

"그게 잘……."

"대답을 해 보란 말이오! 중원 한복판에 나타난 마인들이 정천맹 총단을 무너뜨렸는데, 그들이 어디로 움직였는지조차 파악하지 못한다는 게 말이나 되는 소리요!"

장문인의 분노한 목소리에 반무량(半無量)은 깊게 한숨을 쉬었다.

총단이 무너지면서 그들의 연락망은 모조리 무너져 버렸다.

총단을 중심으로 짜여진 정보 조직들은 붕괴라는 말이 무색할 정도로 무용지물이 되어 버렸고, 깔아 놓은 비선들은 모두 헛것이 되어 버렸다.

단 한 번도 예상한 적 없는 사태를 겪은 덕분에 중원 전체가 혼란에 휩싸이고 만 것이다.

"일단은 개방 쪽에서 정보를 받고 있습니다. 곧 소식이 들려올 터이니 일단은 진정하십시오, 장문인."

"개방…… . 빌어먹을, 개방이 아니면 정보조차 얻을 수 없게 되어 버린 건가. 마인 놈들…… ."

답답한 심정에 백장송은 다탁을 내려쳤다.

그때, 청노한 음성이 들려왔다.

"웬 소란이냐?"

"스, 스승님."

백장송은 서둘러 자리에서 일어났다.

그의 스승이자 청성의 전대 장문인인 적군명(赤軍命)이 대전으로 걸어 들어오고 있었다.

"기운이 심상치 않구나. 무슨 일이더냐?"

백장송은 자신이 알고 있는 바를 설명했다.

"그렇구나. 마련이…… ."

적군명은 깊게 한숨을 내쉬었다.

그는 과거의 대란(大亂)을 경험했던 자이다.

그런 까닭에 마련의 무서움을 누구보다 잘 알고 있었다.

"계속될 평화는 아니었지. 이제 백 년이 지났으니까."

"무슨 말씀이신지?"

"너희는 모를 일이지, 모를 일이야."

적군명은 허허롭게 웃었다.

뭐라고 설명해야 할 것인가.

그들이 지켜야 할 중원을 다른 이들의 목숨을 제물 삼아 구걸받았다고 해야 할까?

적군명은 고개를 저었다.

그건 도저히 말할 수 없는 일이었다.

그가 무덤까지 짊어지고 가야 할 강호의 더러운 치부였다.

"적어도 내 생전에는 다시 오지 않길 바랐다. 아니, 어쩌면 내가 죽기 전에 다시 보길 바랐을지도 모르지. 그래야 이 더러운 죄를 조금이라도 씻을 수 있을 테니까."

백장송은 알 수 없는 적군명의 말에 고개를 갸웃했다.

대체 그는 무슨 말을 하고 있는 것이란 말인가.

"뭘 하고 있었더냐?"

"우선 정보를 취합하는 중이었습니다."

"청성의 모든 문도를 모아라. 이제 때가 되었다. 싸워야 할 시간이지."

"하지만 스승님."

"장문인."

"예, 스승님."

"내 말하지 않았는가, 이제 싸워야 할 시간이라고. 그들은 우리의 사정 따위는 고려하지 않는다네. 싸우지 않는다면 남는 것은 피할 수 없는 죽음뿐이지."

"하지만 소림이 무너졌습니다. 단 하룻밤 사이에 말입니다."

"다음은 청성이 되지 않으리란 법이 있는가?"

"……."

"기다린다 해도 결과는 달라질 것이 없네. 결국 그들은 중원 전체를 불바다로 만들기 전에는 멈추지 않을 것이야. 청성이 불바다가 되는 것을 보지 않으려면 싸우는 수밖에 없네."

백장송은 무겁게 고개를 끄덕였다.

어찌 되었든 결과는 하나뿐이었다.

싸워야 한다.

싸워서 중원을, 자신들의 삶의 터전을 지켜 내야 하는 것이다.

"가까운 문파와 연대하겠습니다."

"그것도 좋겠지. 이곳은 우리의 터전. 우리가 지켜야지. 아무리 그들이 강하다고는 하나 이 하남 땅까지 들어온 이상 그들은 우리의 손아귀에 있는 것이나 다름없네."

"예."

"서두르게, 장문인. 늦는다면 모든 것이 허사가 되네."

"알겠습니다."

그때, 문이 열렸다.

"조금 더 서둘렀어야 하지 않을까?"

대선에 있던 셋은 모두 굳은 얼굴로 고개를 돌렸다.

문 안으로 새하얀 얼굴의 청년이 얼굴 가득 미소를 띤 채 걸어오고 있었다.

"누구……?"

말을 한 반무량은 허탈하게 웃었다.

누군지는 왜 묻는단 말인가.

정말 몰라서 물은 건가?

아니, 몰라서 물은 것이 아니다.

단지 믿고 싶지 않았을 뿐이다.

상상할 수 있는 최악의 상황이 눈앞에서 벌어지는 꼴은 누구도 믿고 싶어 하지 않을 것이다.

"알잖아?"

청년, 마공자 하후상은 싱그럽게 웃었다.

"하남에 있었을 텐데……."

"일이 끝나자마자 여기로 달려왔지. 아무래도 여기저기에서 나타나는 게 조금 더 극적이니까. 오늘 청성까지 무너져 버리면 중원에서 안심하고 살던 쓰레기들도 느끼게 되겠지. 이 천하 어디도 안전한 곳은 없다는 사실을 말이야."

청성의 전대 장문인, 적군명이 굳은 얼굴로 마공자 하후상을 바라보았다.

"……자네는 누군가?"

하후상이 미소를 지었다.

"노인장, 늙어서 상황 파악 능력이 떨어진 게요? 나는 마공자 하후상이라 하오."

"하후상? 자네가 하후패의 혈육이란 말인가?"

"인정하고 싶지는 않지만."

하후상이 어깨를 으쓱했다.

적군명은 가만히 하후상을 바라보다가 입을 열었다.

"하후패와는 많이 다르군."

"다른 사람이니까."

"그렇군. 자네가 당대의 마련을 이끄는 자인가?"

"그렇다."

적군명은 담담히 고개를 끄덕였다.

"그렇다면 마련도 별것 없겠군. 그대들은 중원에서 살아 돌아가지 못할 것이다."

마공자는 무섭다는 듯 몸을 부르르 떨었다.

"그것참, 무서운 말이군. 허세도 이럴 때 부리면 꽤나 멋지단 말이지."

"허세?"

적군명은 고개를 저었다.

"아이야, 너는 알지 못한다. 과거의 마련이 왜 두려운 존재였는가를. 천하가 왜 소수의 마련을 감당하지 못하고 속절없이 도망쳐야 했는가를."

"아아, 하후패에 대한 거라면 이제 귀에 딱지가 앉을 지경이니 됐어. 내가 아마 당신보다 하후패에 대해서 더 많이 알고, 더 많이 들었을 테니까."

적군명은 웃어 버렸다.

"너는 그를 알지 못한다."

순간, 마공자의 얼굴이 굳었다.

"너처럼 어린아이는 그에 대해 알지 못한다. 아니, 알수가 없다. 그와 적이 되어 그의 앞에 서는 것이 대체 어떤의미를 가지는지 알 수 없다. 그건 말로 설명해서 이해할수 있는 부류의 것이 아니다."

"흠······."

"내가 그의 앞에 섰을 때, 나는 오금이 저려 검을 놓아버릴 뻔했다. 한 문파의 장문인이고, 검에 있어서는 천하에누구도 나를 무시할 수 없다고 생각한 내가 그의 앞에 서있는 것만으로 전신의 내공을 모두 소모할 뻔했지. 아이야,그의 앞에 선다는 것은 눈을 뜬 채 자신의 죽음과 직면한다는 것과 같단다."

마공자는 하품을 했다.

"다 했나?"

"······."

"옛 추억담을 들어 주기엔 나도 조금 바빠서 말이야. 그런데 하나 확인할 게 있는데······."

미공자가 기이하게 웃었다.

"말하는 걸로 봐서 당신은 알고 있는 자 같은데, 그렇지않나?"

적군명이 고개를 끄덕였다.

"그렇다."

짝!

마공자는 가볍게 박수를 쳤다.

"그래, 그렇다면 당신에게 물어봐야겠군. 묻지. 자신이 가져야 할 의무를 다른 이의 목숨으로 대신한 채 그 더러운 삶을 연명하는 기분은 대체 어떤가?"

적군명은 씁쓸하게 대꾸했다.

"살아서 지옥을 보는 기분이지."

"거창한 말이로군."

"그가 다시 돌아올지 모른다는 공포, 그리고 그에게 대항할 수 없다는 공포, 내 목숨을 저당 잡혀 있다는 공포, 그리고 한 무인으로서 타인에게 모든 것을 맡기고 목숨을 구걸받아 살아가야 하는 그 좌절감과 배덕감."

"흐음……."

"그건 겪어 보지 않은 이들은 도무지 알 수 없는 것이지."

"……재미있군."

"말로 전해 들은 이들은 모른다. 천하에 그것을 직접 겪고, 그 사실을 알고 있는 이들은 얼마 되지 않으니까. 겪은 자는 대부분이 죽었고, 알고 있는 자들은 하후패를 겪어 보지 못했다. 그렇기에 강호는 이토록 나약하지."

마공자는 고개를 끄덕였다.

"아는 자는 절망했고, 모르는 자들은 두려워하지 않았다. 그렇기에 아는 자도, 모르는 자도 모든 것을 그들에게 맡겨 버렸다. 그 선택이 그들에게 얼마나 큰 짐이 될 것이고, 얼마나 큰 희생을 강요하게 되는지 알면서도 말이야."

"잘 아는군. 그럼 하나 더 묻지."

"……"

"그럼 왜 아직 그 질긴 목숨을 끊어 버리지 않고 살고 있는 거지? 목숨이란 게 그렇게 중요하던가?"

적군명은 고개를 내저었다.

"목숨으로 대신할 수 있는 것이라면 얼마든지 그랬겠지."

"그럼?"

"내가 살아 있는 이유는 마지막 순간이 왔을 때 최소한 그의 발을 받쳐 줄 돌 조각이라도 되기 위해서다. 그것으로나마 나의 죄를 속죄하기 위해서지."

마공자는 비릿하게 웃었다.

"안타깝군. 너는 오늘 여기서 죽을 테니 그 소원은 이룰 수 없겠는데?"

"청성을 얕보지 마라."

"얕보면 어떻게 되는데?"

적군명은 빙긋 웃었다.

"네가 마련의 마인들을 이끌고 왔다면 청성은 오늘로서 사라지게 되겠지."

"잘 아는군."

"하지만 그냥 죽지는 않을 것이다. 하나의 마인이라도 지옥으로 끌고 간다. 이것이 반복되다 보면 어느새 너 혼자만이 이 중원 한복판에 남아 있게 될 것이다."

마공자는 굳은 얼굴로 적군명을 바라보았다.

"안전한 곳이 없다면 싸울 수밖에 없지. 지금 이 순간에도 너희와 싸우기 위해서 수많은 이들이 들고일어나고 있을 거다. 청성은 그저 그 시간을 벌고 조금의 피해라도 줄 수 있다면 충분하다."

"살신성인이란 말이 정말 있었군. 대단하다고 해야겠어."

마공자는 가만히 적군명을 바라보았다.

금방이라도 관짝에 처박힐 것 같은 노인이 두 눈에 정광을 담고 그를 똑바로 바라보고 있었다.

마공자는 그 눈이 마음에 들지 않았다.

"영 마음에 안 드는군."

적군명은 흔들리지 않는 눈으로 마공자를 압박했다.

"천하는 넓고 장대하다. 천하를 지배한다는 것은 그 모든 것을 지배한다는 말이지. 그래서 고래로 누구도 천하를 지배하지는 못했다. 그리고 너 역시 마찬가지다."

마공자는 고개를 끄덕였다.

"어려운 일이지."

"……."

"하지만 난 딱히 천하를 지배하고 싶은 생각도 없어."

"무슨 소리냐?"

"말이 길었군. 이제 시작해야겠어."

"청성의 의기는 꺾이지 않는다!"

"그것도 누군가 의기를 불어넣어 줄 때 가능한 일 아닌가. 이대로 너희가 여기서 죽는다면 속절없이 무너지지 않을까?"

적군명은 대답하지 못했다.

확실히 그럴 가능성이 있었다.

"그러니까…… 나가 봐."

적군명의 눈이 크게 떠졌다.

"무슨……."

"장문인이 나서서 독려를 해야 한 놈이라도 더 끌고 죽을 것 아닌가. 누가 나갈 테지? 너, 아니면 너?"

백장송이 고개를 돌려 적군명을 바라보았다.

적군명은 무겁게 고개를 끄덕였다.

"가 보시오, 장문인."

"하지만 스승님."

"청성의 죽음은 헛되지 않아야 하오."

많은 것이 담겨 있는 말이었다.

백장송은 그 자리에 엎드려 적군명에게 절을 했다.

"보중하십시오."

"고생 많으셨소."

백무한과 반무량이 대전을 빠져나가고 대전에는 적군명과 마공자만이 남았다.

"흐음."

마공자 하후상은 가볍게 미소를 지었다.

"자, 이제 우리도 끝을 봐야지."

"조심하거라, 어린 마인의 후예여. 나의 검은 날카롭다."

하후상은 고개를 저었다.

"당신의 검은 날카롭지 못해."

"……."

"이미 싸워야 할 적에서 고개를 돌려 버린 순간, 당신은 무인으로서의 자격을 잃었어. 무인이 아닌 자의 검이 날카로울 리가 없지."

"그럴지도."

적군명은 순순히 인정했다.

자신은 배덕자.

마인의 지적이었지만 자신이 배덕자라는 사실은 달라지지 않았다.

"비록 무딘 검일지는 몰라도 그대 하나 감당할 힘은 아직 남아 있을 터."

하후상은 혀를 찼다.

"착각하고 있군."

"나의 검은……."

"착각하고 있다니까. 당신의 검은 결코 나를 겨누지 못해. 당신은 아무것도 하지 못한 채 죽어 갈 거야."

적군명의 눈살이 찌푸려졌다.

이 어린놈이 대체 무슨 말을 하고 있는 것인가.

"나야말로 당신의 죄를 온당히 받아 내야 할 유일한 존재이기 때문이지."

"……죄?"

"알 텐데, 당신의 죄."

적군명의 눈이 크게 떠졌다.

"서, 설마?"

적군명은 부정했다.

그럴 리가 없다.

그럴 리가 없었다.

이 눈앞의 마인이 그가 생각하는 사람일 리가 없었다.

"아니다! 너는 그가 아니야!"

"부정한다 해도 사실이 달라지지는 않아. 나는 너희의 죄를 심판할 수 있는 유일한 존재지. 아니, 하나 더 있긴 하지만, 그놈은 영 물러 터져서 말이야."

"……사실인가?"

"그렇다니까."

적군명은 검을 거두어들였다.

"저항하지 않을 텐가?"

"그대가 말한 대로다."

적군명의 눈가에서 눈물이 흘러내렸다.

"나는 그대에게 검을 겨눌 수 없다. 그대에게 있어서 나는 그저 죄인일 뿐이니까."

"크크크."

마공자는 섬뜩하게 웃었다.

"그런다고 내가 용서하리라 생각하는가?"

"감히 용서를 바랄 수도 없겠지. 나는 그저 죄악에 떨 뿐이다. 그저 죽어갈 청성의 아이들이 안타까울 뿐."

"백 년 전에 죽었어야 했어."

"죽어야 할 때 죽지 못하는 것이 얼마나 큰 고통이 되는지 그때는 알지 못했다. 이제라도 그 빚을 갚을 수 있다면 다행이겠지."

"그렇군."

마공자는 적군명에게 다가가 그의 머리를 움켜쥐었다.

"사죄는 지옥에 가서 하도록 해. 아마 거기에 사죄할 사람이 가득할 테니까."

"부디……."

"닥쳐."

콰드득!

마공자의 손이 움켜쥐고 사방으로 뇌수와 피가 비산했다.

마공자는 역겹다는 듯이 손을 바닥으로 털어 내었다.

"마공자님."

"연이냐? '

"예, 마공자님. 청성의 장문인이 수하들을 독려하고 있습니다. 그를 제거한다면 피해가 줄어들 것입니다."

"그래?"

마공자는 천천히 대전을 걸어나가 눈앞에 펼쳐진 참상을 바라보았다.

"즐겁지 않으냐?"

"……"

"정말 즐거운 광경이지 않느냐. 죄인과 악인들이 서로 목을 물어뜯고 있구나."

마공자는 피와 살이 난무하는 광경을 지켜보며 가벼운 미소를 지었다.

"천하는 이제 그 죗값을 치러야 할 때가 되었다. 그들의 피와 그들의 죽음으로 나는 천하를 정화할 것이다."

"하면 장문인은 어찌시겠습니까?"

"내버려 둬라. 마지막 발악마저 막는다는 것은 너무도 냉정한 처사가 아니더냐. 나는 그리 매정한 사람이 아니란다."

"마공자의 뜻대로 하시옵소서."

하후상은 고개를 돌려 먼 하늘을 바라보았다.

"중원으로 오고 있나?"

하후상의 입가가 말려 올라갔다.

"이제 끝을 낼 시간이다, 광천의 후예여. 내가 너를 위해 준비한 이 우스꽝스러운 세상으로 오라. 너와 나의 목숨을 걸고 마지막 싸움을 할 때가 되었다."

하후상은 무대를 준비했다.

이제는 주인공이 무대 위로 올라올 시간이었다.

오래전부터 그가 기다려 온 존재와 그 존재를 막기 위해 태어난 자.

천하의 운명을 건 건곤일척의 대전은 오로지 그 한순간을 위한 것이었다.

"빨리 오라고. 난 인내심이 없는 편이니까."

하후상의 나직한 웃음소리가 청성의 하늘마저 떨게 만들고 있었다.

❖　　❖　　❖

칠 주야.

칠 주야 동안 천하는 격변에 시달렸다.

정천맹에서 시작한 폭풍은 소림과 황궁을 휩쓸고 청성과 아미를 피로 물들였다.

모용세가가 무너질 무렵, 천하인들은 깨달았다.

땅이 닿는 어느 곳, 하늘이 닿아 있는 어느 곳에도 그들에게 안전한 곳은 없었다.

마인들은 마치 천하가 제집인 양 세상을 뒤흔들고 있었다.

세상이 피로 물들었다.

수많은 침입을 받아 온 중원이었지만, 단언컨대 이번처럼 짧은 시간에 온 천하가 전란의 소용돌이에 휘말린 것은 처음이었다.

검을 든 자들은 살아남기 위해 모여들었다.

적을 쳐부수기 위해서가 아니라 살아남기 위해서 그들은 한곳으로 모여들었다.

"상황은 어찌 되었소?"

"청성과 아미가 무너졌습니다."

"당가는?"

"다행히 당가는 무사합니다."

"모용세가는?"

"아마도……."

"크흠."

총단이 무너진 이래로 구심점을 찾지 못하던 이들이 마인들이 빠져나간 하남으로 몰려들었다.

수많은 거파가 몰려 있는 하남이야말로 중원의 중심이었기 때문이다.

원래라면 이런 상황에서 중인들을 이끌어야 할 소림이 무너졌기에 오대세가의 중심인 남궁세가와 구파일방의 대표인 무당이 연합하여 정천맹을 이끌고 있었다.

그중에서도 가장 발언권이 큰 자가 바로 지금 가운데에

앉아 있는 자였다.

창천검(蒼天劍) 남궁장천(南宮長天).

남궁세가의 전대 가주이자 검의 끝을 보았다는 검의 달인.

그리고 남궁세가에서 유일하게 남궁산을 아껴 준 조부이기도 했다.

그리고 그의 건너편에 앉아 있는 이.

송검(松劍) 청운(靑雲).

당대의 무당 장문인이었다.

그들을 중심으로 살아남은 오대세가와 구파일방이 터전을 버리고 하남으로 몰려들었다.

"개방주."

"여기 있소이다."

바닥에 대충 앉아 있던 거지가 대답했다.

붕걸(鵬乞).

그의 이름을 아는 이는 없다.

오로지 붕걸로 불리는 이.

천하에서 가장 문도가 많다는 개방을 이끌고 있는 개방 장문인이었다.

"그들의 움직임은 어떻소이까?"

"뭐, 처음에는 워낙 당황스러워서 파악을 못했지만, 이제는 손바닥 위에 올려놓고 있소이다. 너무 쉬울 지경이지요."

"쉽다?"

"천하에 퍼져 있는 거지들이 죽어 나가는 곳이 어딘지만 파악하면 움직임이 빤히 보이니 말이지요."

봉걸의 얼굴에는 언짢은 기색이 가득했다.

다시 말하자면, 그들의 움직임을 파악하기 위해서 이 시간에도 개방도들이 죽어 나가고 있다는 말이었다.

무력이 높지 않은 방도들이 대다수를 차지하는 개방의 특성상 마인들을 발견하면 죽는 것 외에 다른 방법이 없었다.

하지만 죽음을 두려워한다고 그들의 움직임을 놓칠 수는 없는 법 아닌가.

"어디로 향하고 있소?"

"마공자, 그 씹어 먹을 놈이 있는 곳은 소림을 친 쪽과 합류하여 다시금 하남으로 오고 있소. 다른 한쪽은 사천을 완전히 지워 버리기로 마음먹었는지 사천당문으로 가고 있소."

"사천?"

"그렇소이다."

"당문은 하남으로 오고 있지 않소이까?"

"그 독한 놈들이 언제 자기 집 버리는 것 보셨습니까? 문 닫고 꽁꽁 틀어박혀서는 침이나 던져 대겠지요."

남궁장천의 얼굴이 어두워졌다.

"홀로 마련을 막을 수 있다고 생각하는 건가?"

"그리고 우리도 어쩔 수 없이 사천당문을 지원해야 하는 팔자입니다."

"……."

"사천당문이 뚫려 버리면 신강까지 도주로가 생겨 버리지요. 그럼 기껏 짜 놓은 포위망이 무용지물이 됩니다."

"하지만 하남으로 대부분의 전력이 오고 있는 마당에 사천으로 병력을 뺀다는 것이……."

청운이 입을 열었다.

"북해빙궁이 나서 주기로 했습니다."

"빙궁? 빙궁은 우리와 동맹이 아니지 않소?"

"과거 사해방과 정천맹 중 먼저 동맹을 요청하는 쪽의 반대편을 들기로 했지요. 하지만 사해방이 멸문해 버린 마당에 이제는 그 약조의 의미가 없어졌습니다. 마련을 맞아서 전력으로 정천맹을 지원한다고 하더군요."

"다행입니다, 참으로 다행입니다."

붕걸이 혀를 찼다.

"그 얼음땡이들이 따뜻한 사천 지방에 가서 얼마나 힘을 쓰겠습니까? 마련의 시꺼먼 놈들을 상대하기는 역부족일 텐데요."

송검 청운이 고개를 끄덕였다.

"그래서 말인데, 이곳에서 지원을 나갈 사람들이 필요합니다."

"하지만 하남이……."

"하남은 버틸 수 있습니다. 그렇지만 사천이 무너지게

116

된다면 기껏 쌓아 놓은 포위망이 모두 무너집니다. 마인 놈들을 포위망 안에 가두어 두었기에 승산이 있는 것입니다. 그들이 포위망을 빠져나가 버리면 지금까지의 희생이 아무런 의미가 없어집니다."

봉걸이 혀를 찼다.

"그렇지만 그렇게 전력을 뺐다가 덜컥 하남이 무너져 버리면 어쩌실 겁니까? 그래도 끝나는 겁니다."

"하남은 버틸 수 있을 겁니다."

"그걸 누가 장담합니까?"

남궁장천은 답답함을 느꼈다.

이런 상황에 가장 필요한 이가 바로 군사였다.

제갈진이 살아 있다면 이런 고민 따위는 애당초 하지도 않았을 것이다.

하지만 제갈진은 행방이 묘연했고, 뒤를 받쳐 줘야 할 제갈세가는 아직 하남에 도착하지 못했다.

"큰일이군."

남궁장천은 깊게 한숨을 쉬었다.

"이곳으로 향하는 마인들의 전력은 어떻게 됩니까?"

"대략 오백 정도 됩니다. 이백은 사천당가로 향하고 있습니다."

"오백이라……."

남궁장천은 그저 웃고 싶었다.

겨우 오백 때문에 온 강호의 중심들이 모여 있는 이곳이 벌집을 들쑤신 듯 흔들리고 있었다.

그들이 쌓아 온 무학이 다 헛되이 느껴질 정도의 압도적인 전력 차였다.

"고작 오백 때문에……."

남궁장천은 한숨을 쉬었다.

과거의 마련은 이토록 강하지 않았다.

마련이 생겨난 지 수백 년이지만, 과거의 마련은 지금보다 수가 많았고, 무학도 지금처럼 파천황의 경지는 아니었다.

마제 하후패.

그가 등장한 이후로 모든 것이 달라졌다.

마련의 무학이 바뀌었고, 그 무학을 배우면서 수많은 이들이 죽어 나갔다.

마지막까지 무학을 익혀 낸 소수는 하늘에 닿을 무위를 손에 넣었다.

겨우 오십의 마인으로 사해방의 총단을 박살 내 버렸다.

또한 이백의 마인으로 정천맹의 총단을 무너뜨렸다.

"그래도 백이나 줄었구려."

"그 백 명을 죽이기 위해서 소림과 청성, 아미와 모용세가, 황궁이 무너졌습니다. 그리고 그 와중에 박살이 난 중소 문파는 헤아리지도 못할 지경입니다. 우리의 피해가 더 큽니다."

청운의 냉정한 말에 남궁장천은 입맛을 다셨다.

"그래도 어찌어찌 막아 낼 수야 있을 듯싶소만."

"막아 낸다 해도 중원에는 아무것도 남아 있지 않게 될 겁니다."

"음……."

남궁장천은 청운의 냉정한 평가에 눈을 감았다.

'아직 그는 모습을 드러내지도 않았다.'

사실 남궁장천을 진정으로 압박하는 것은 마련과 함께하고 있지 않은 절대자의 존재였다.

하후패.

그는 이 전쟁에 관여하지 않고 있었다.

하지만 남궁장천은 알고 있었다.

하후패가 선언한 백 년이 이미 다됐음을.

'이 싸움을 이긴다 해도…….'

만약 이 전쟁을 승리로 가져간다 해도 하후패를 막지 못한다면 모든 것이 끝이었다.

하후패는 천하를 지우겠다 선언했고, 그는 자신이 내뱉은 말은 반드시 지킬 터였다.

그 무거운 압박감이 남궁장천을 짓눌렀다.

"그는 어디에 있소?"

"그라니? 누굴 말씀하시는 겁니까?"

"유진천 말이오."

청운이 눈살을 찌푸렸다.

"지금은 강호공적의 처분을 논할 때가 아닙니다."

남궁장천은 고개를 저었다.

"궁금한 점이 있어서 그러는 것이오."

개방주 붕걸이 입맛을 다셨다.

"그게…… 어딨는지 모르겠습니다."

"무슨 소리요? 모르다니?"

"얼마 전까지는 신강에 있었는데, 마련이 발호한 뒤 마련의 종적에 온 촉각을 곤두세우다 보니 그만 놓쳐 버렸습니다."

"위지세가도 함께 있지 않소. 그 많은 인원을 다 놓쳐 버렸다는 말이오?"

"쩝."

붕걸은 대답하지 않았다.

남궁장천은 한숨을 쉬었다.

아쉽긴 하나 탓할 일은 아니었다.

청운은 날카로운 눈으로 말했다.

"혹시 그들이 마련과 손을 잡게 된다면 정말 걷잡을 수 없는 일이 벌어집니다."

남궁장천은 고개를 저었다.

"그럴 일은 없소이다."

"확신하십니까?"

"그렇소."

"어째서입니까?"

남궁장천은 담담하게 대답했다.

"그가 유진천이기 때문이오."

"……."

"그가 유진천이기에 마련과는 손을 잡을 수 없소. 그들은 불구대천의 원수라는 말로도 부족한 사이니까."

'정확히는 하후패겠지만.'

남궁장천은 뒷말은 굳이 할 필요가 없다고 생각했다.

지금 당장은 의미도 없는 옛이야기로 시간을 낭비할 필요가 없으니까.

"여하튼 사천당가를 지원하는 것이 가장 큰 문제구려. 이렇게 합시다. 청운 장문인께서 하남을 맡아 주시오. 지금도 합류하고 있는 인원들이 있으니 큰 문제는 없을 것이오. 나는 남궁세가를 이끌고 사천을 지원하겠소."

"하지만 남궁세가는 큰 전력입니다."

"남궁과 당가의 힘으로 이백의 마인을 멸하고 하남으로 향한다면 승기를 잡을 수 있소."

"하나……."

"다른 방법이 있소?"

붕걸이 낄낄 웃으며 말했다.

"남궁세가만으로 되겠소이까? 상대는 마련의 이백 마인이오."

"해봐야지요."

"무운을 빌겠습니다."

붕걸은 처음으로 정중한 태도로 포권을 했다.

남궁장천은 고개를 끄덕였다.

대전을 빠져나온 남궁장천이 그를 호위하는 이들에게 명을 내렸다.

"세가의 아이들을 모아라."

"예."

"사천으로 간다."

"충!"

남궁장천이 굳은 얼굴로 먼 하늘을 바라보았다.

'녀석, 살아는 있을지.'

오늘따라 남궁산의 해맑게 웃는 얼굴이 보고 싶었다.

70장
합류(合流)

"마인들은?"

"아직 사천에 도달하지 못한 듯싶습니다."

"이곳으로 향하는 것은 확실한가?"

"그렇습니다."

사천당가의 가주, 암왕(暗王) 당와(當渦)는 초조한 얼굴로 가문을 점검하고 또 점검했다.

"마인 놈들이 쳐들어온다. 방비를 확실하게 해라."

"예!"

당와는 모두가 하남으로 향하는 상황에서도 사천을 떠나지 않았다.

사천당가는 외적을 피해 가문을 버린 적이 없었다.

지금까지 그들이 가문을 버리고 도주한 것은 단 한 번뿐이었다.

'하후패.'

마제 하후패가 쳐들어왔을 때, 그들은 처음으로 살아남기 위해서 당가타를 버리고 도주했다.

당와는 그 역사를 치욕으로 생각하고 있었다.

"마련에게서 또다시 달아날 수는 없다. 방비를 확실히하고 암기를 쌓아라. 당가타는 그 자체로 천하의 요새다. 우리가 마음만 먹는다면 누구도 당가타를 침입할 수 없다!"

그의 말이 당가의 사기를 끌어 올렸다.

"정천맹의 지원은 어떻게 됐느냐?"

"창천검이 남궁세가를 이끌고 이곳으로 오고 있습니다."

"남궁장천? 선배가 아직 살아 있단 말이냐?"

"그렇다고 합니다."

"창천검이라면 확실히 도움이 되겠지. 빙궁은?"

"거의 당도했다고 합니다."

"빙궁에 남궁세가라…… 세 개의 문파의 힘에 당가타의 힘까지 합쳐진다면 제아무리 마인들이라고 해도 당해 내지 못할 테지."

당와는 몇 번이고 그 말을 되뇌었다.

그 모습은 자신감이라기보다는 초조함을 이겨 내기 위한 모습 같아 보였다.

"그들이 정말 당가타로 쳐들어오겠습니까?"

"무슨 소리냐?"

"그들도 바보가 아니라면 당가타가 사지라는 것을 알 터인데, 돌아가지 않겠습니까?"

"멍청한 소리. 청성을 하루아침에 지워 버린 마인 놈들이다. 남궁세가와 빙궁의 도움이 없다면 우리만으로는 승리를 결코 장담할 수 없다."

"예."

"자만하지 마라. 겨우 팔백만으로 중원을 뒤흔든 놈들이다. 그 중 이백이 이리로 향하고 있는 것이다. 이게 보통 일인 줄 아느냐!"

"명심하겠습니다."

"쯧."

당와는 혀를 찼다.

자신감과 만용은 구분해야 했다.

당와는 사천당가의 이름에 크나큰 자부심을 가지고 있지만, 그 사천당가가 하루아침에 쓸려 나갈 수도 있다는 것도 알고 있었다.

마인들은 그만큼 두려운 존재인 것이다.

"남궁세가가 도착했습니다."

"오!"

당와는 반색하며 입구로 달려 나갔다.

"남궁 선배!"

남궁장천은 자신을 맞이하는 당와를 보며 껄껄 웃었다.

"당가의 애송이 놈이 아직 살아 있었구나!"

"남궁 선배가 살아 계신데, 어린 제가 먼저 죽을 수는 없는 노릇이지요. 그리고 애송이라니요. 제가 당가의 가주입니다."

"오, 내가 실례를 하였구려."

"별말씀을."

남궁장천과 당와는 서로를 마주 보며 웃었다.

같은 오대세가 중에서도 당가와 남궁세가는 서로 친분이 깊은 편이었다.

남궁장천과 당와는 오랜 세월 서로 교류하며 지냈기에 다소의 나이 차이를 극복하고 허물없이 지내는 사이였다.

게다가 이 위급한 상황에서 먼 길을 도와주러 온 이다 보니 당와는 기꺼울 수밖에 없었다.

"도와주러 오셔서 감사합니다."

"별말을 다 하는구려. 당연히 와야 하는 일이지요."

남궁장천은 주위를 둘러보았다.

당가 전체가 팽팽한 긴장감으로 가득했다.

'당가가 용담호혈이라더니.'

과거 몇 번 방문하기는 했지만, 그때와는 분위기 자체가 달랐다.

'명불허전이군.'

남궁장천은 내심을 숨기고 물었다.

"빙궁은 아직 도착하지 않았소이까?"

"거의 도착했다는 전령이 왔습니다. 곧 도착할 것입니다."

"음, 그렇소?"

"먼저 안으로 드시지요."

"아니오. 내 빙궁이 오는 것을 보고 들어가겠소. 들어간다고 해도 마인 놈들이 오고 있는 마당인데 편히 쉴 수나 있겠소이까."

"하기야 그렇습니다."

남궁장천은 고개를 돌려 남궁진명(南宮盡命)을 불렀다.

"가주."

"예. 말씀하십시오, 아버님."

"인사 나누시오."

"오랜만입니다, 당가주님."

"오, 남궁가주. 오시었소? 먼 길 오느라 고생 많으셨소. 당가는 남궁세가의 도움을 결코 잊지 않을 것이오."

"별말씀을 다 하십니다."

당와가 고개를 돌려 그들 뒤에 있는 청년을 바라보았다.

"이 청년이……."

"강아, 인사드리거라."

"숙부님을 뵙습니다."

"그래, 네가 바로 남궁강이구나."

남궁강(南宮强)은 고개를 숙였다.

"총단에 있지 않았었느냐?"

"습격 전에 임무를 받아 나가 있던 덕에 목숨을 건졌습니다."

"그렇구나……."

남궁강은 당와의 인상을 살폈다.

그의 손자인 당소민(當小敏)이 이번 마련의 총단 습격에서 목숨을 잃었다.

그 사실을 알고 있는 남궁강은 당와를 마주하는 것이 괜스레 죄스러웠다.

"다행이다, 다행이야. 강호를 이끌어 갈 동량이 화를 입지 않았으니 진정 강호의 홍복이다."

"저 혼자만 살아남아 죄스러울 뿐입니다."

"그게 무슨 소리더냐! 그게 왜 죄스러울 일이야! 너는 그런 생각하지 말거라."

"예, 숙부님."

그들이 대화를 나누는 사이, 다시 큰 목소리가 들려왔다.

"북해빙궁이 도착했습니다."

당와는 반색을 하고는 다시 입구를 바라보았다.

정문이 열리고 새하얀 외투를 전신에 두른 무인들이 안으로 들어왔다.

'음…….'

그 기괴한 복색에 살짝 놀란 당와였다.

사천은 습도가 높고 기온이 높기로 유명했다.

한데 이 더운 지방에서 머리까지 뒤덮는 두터운 외투를
입고 있다니.

'한서불침의 경지인가? 빙궁의 무학이 듣던 것 이상으로
대단하구나.'

"빙궁의 방문을 환영합니다. 그리고 빙궁의 도움에 감사
드립니다. 저는 미력하나마 사천당가의 가주를 맡고 있는
당와라고 합니다."

빙궁도 중 가장 앞에 있던 자가 앞으로 나서서 머리를 덮
고 있던 털 달린 외투를 걷어 얼굴을 드러내었다.

"암왕의 명성은 북해에서도 익히 들었습니다. 만나 뵙게
되어 영광입니다. 빙궁의 궁주인 냉기학(冷記學)입니다."

"빙궁주의 빙백신공이 태양마저 얼린다고 들었습니다."

"과찬이십니다. 그저 미약한 잔재주에 불과합니다."

순간, 당와의 눈에 이채가 어렸다.

'북해빙궁의 인물들은 괴팍하기 그지없다더니, 생각보다
꽤나 예의 바르군.'

거칠고 삭막한 북해에 사는 자들이라 성격이 매우 폭급
하다고 소문이 나 있었으나 지금 그들의 모습에서는 전혀
그런 점을 찾아볼 수 없었다.

'의외로군.'

"안으로 드시지요. 먼 길을 오셨을 터인데, 쉴 곳을 마련해 두었습니다."

"적당이 오고 있다 들었는데 어찌 쉴 수 있겠습니까."

"하지만 북해에서부터 이곳까지 먼 길을 오셨는데 피로를 푸셔야 하지 않겠습니까? 마인들이 당도한다면 그때 나서도 늦지 않을 것입니다."

"음……."

빙궁주는 고개를 돌려 뒤를 바라보았다.

외투를 뒤집어쓰고 있던 한 사내가 천천히 고개를 끄덕였다.

남궁장천과 당와는 그 광경을 놓치지 않았다.

"그럼 말씀대로 폐를 끼치겠습니다."

"하하하, 폐라니요. 천만에 말씀입니다."

당와의 지시로 빙궁과 남궁세가에 숙소가 배정되었다.

빙궁주 냉기학은 조금 난처하다는 얼굴로 당와에게 말했다.

"혹시 실례가 되지 않는다면 저희 쪽 숙소에 인원들을 물려 주지 않으시겠습니까?"

"불편하십니까?"

냉기학은 그게 아니라는 듯 손사래를 쳤다.

"그런 것이 아니라 적의 침입에 대비하여 수련을 해야

할 터인데, 빙궁의 수련법은 비전 중의 비전이라 타인에게 보이기가 어렵습니다."

"그런 것은 당연히 저희가 배려를 해 드려야겠지요. 걱정하지 마십시오. 식사는 따로 마련하도록 하겠습니다."

"감사합니다."

빙궁주가 수하들을 이끌고 숙소로 향하자 당와가 넌지시 말을 건넸다.

"어찌 보십니까?"

"빙궁주의 성격이 무척이나 폭급하다고 들었는데, 와전된 모양이군. 강호의 소문 중 믿을 것이 없다더니."

당와도 남궁장천의 말에 공감했다.

북해빙궁주 냉기학은 꽤나 오만한 성격으로 알려져 있었다.

덕분에 당와도 그와의 충돌이 있을까 봐 은근히 걱정하던 중이었다.

그런데 막상 직접 대면해 보니 알려진 것과는 다르게 정중한 편이 아닌가.

"게다가 생각보다 빙궁의 힘이 강한 듯해. 어느 정도 실력을 지녔는지 파악이 안 되는 이들이 많네."

"의외입니다. 그저 한 손을 거드는 수준이라고 생각했는데, 아무래도 새외 세력에 대한 전력 파악이 잘못되어 있던 듯합니다."

남궁장천이 굳은 얼굴로 빙궁의 숙소를 바라보았다.

"게다가 머리는 따로 있는 듯하니."

"그러게 말입니다."

당와는 날카로운 눈으로 빙궁의 숙소를 주시했다.

"꼭 이런 걸 뒤집어써야 하는 건가?"

머리까지 푹 눌러쓴 외투를 벗겨 낸 매검이 눈살을 찌푸렸다.

"강호공적이니까."

제갈휘가 생각할 것도 없다는 듯 가볍게 말했다.

아무리 그들이 당가를 도우러 온 처지라고는 하나 정천맹과의 입장이 입장이니만큼 드러내 놓고 활동할 수는 없는 노릇이었다.

전투가 시작된 후라면 어찌어찌 끼어들어 관계 회복을 모색해 보겠지만, 지금같이 긴장이 극도로 고조되어 있는 상황에서 신분을 드러냈다가는 마련과 싸우기도 전에 당가와 생사결을 치러야 할지도 몰랐다.

"이럴 바에야 차라리 바깥에서 대기하고 있다가 도와줘도 되잖아요."

퉁명스런 위지화영의 목소리에 제갈휘는 고소를 지었다.

"나도 그러고 싶지만, 당가타는 외부에서 뚫고 들어가기가 가장 곤란한 곳 중 하나요. 더구나 당가의 독과 암기는 피아를 가리지 않소. 밖에서 도우려다 우리가 독에 당해 쓰러질 거요."

"독 정도야……."

"우린 괜찮다 해도 그쪽 가문분들이 독에 당해도 무사할
것 같소?"

"하긴."

위지세가가 독에 당해 쓰러지는 것은 위지화영도 바라지
않는 결과였다.

"그렇게 생각하니 다행이긴 하네요."

"이게 다 내 배려심 덕분 아니겠소."

"띄워 주는 사람도 없는데 자꾸 위로 올라가지 마세요.
이게 왜 제갈공자 덕인가요? 유 가가(哥哥) 덕분이지."

"가가?"

"뭐 잘못됐나요?"

위지화영이 태연하게 대꾸하자 제갈휘는 되레 할 말을
잃어버렸다.

"아니오. 벌써 그렇게 됐나 싶어서."

"그렇게 됐어요."

제갈휘는 한숨을 푹 내쉬었다.

아직 기억 속에 수줍음 많던 위지화영의 모습이 선하건
만, 몇 년 만에 왜 이렇게 되어 버린 건지.

"사실 나도 좀 놀랐소. 저 괴물 놈이 북해빙궁과도 인연
이 있을 줄은 몰랐지."

제갈휘는 여전히 외투를 뒤집어쓰고 있는 유진천을 보며 쓴웃음을 지었다.

정천맹을 지원하기로 결정이 나자마자 유진천은 북해로 연통을 넣고 그들과의 합류를 결정했다.

의외였던 것은 북해빙궁이 유진천의 말에 선선히 수긍을 했다는 것이었다.

"인연이라고 할 만한 것은 아니겠지."

매검은 고개를 절레절레 저었다.

북해빙궁주가 유진천을 대하는 모습은 인연이라기보다는 공포에 가까웠다.

예전에 유진천이 빙백신장을 쓰는 모습을 본 적이 있기에 혹시나 혈연이나 친분으로 이어진 사이일지도 모른다고 생각했지만, 북해빙궁주의 태도 덕분에 그런 의심은 깔끔히 접을 수 있었다.

"협박?"

"협박은 안 했겠지만, 협박으로 들렸겠지."

"음……."

제갈휘는 가만히 유진천을 바라보았다.

한 사람의 무인이 한 문파를 상대로 협박을 할 수 있을까?

상식적으로는 있을 수 없는 일이었다.

중소 문파도 아니고, 새외 최대의 세력이라 해도 과언이 아닌 북해빙궁을 단 한 사람이 공포에 떨게 만든다는 게 말이나 되는 소리겠는가.

'아니, 하나 있었지.'

제갈휘의 머릿속에 한 단어가 떠올랐다.

마제 하후패.

그라면 가능할 것이다.

'어떤 식으로든 차근차근 그와 닮아 가고 있군.'

만약 이대로 몇 년의 시간만 더 흐른다면 유진천은 정말 하후패의 경지를 답습할지도 모를 일이었다.

문제는 그 몇 년의 시간이 과연 유진천에게 주어져 있는가의 정도일 뿐.

그게 가장 간단한 문제이자 가장 큰 문제였다.

"근데 쟤는 왜 저래?"

유진천이 외투를 벗지 않고 앉아 있는 것이야 새삼스러울 일도 없었다.

원래 상식적으로 움직이는 인간이 아니니까.

문제는 남궁산 역시 유진천처럼 멍하니 앉아 있다는 것이었다.

"냅 둬. 죽은 줄 알았던 형도 봤고 가족들도 봤는데 제정신이겠냐. 나라도 어떻게 해야 할지 암담할 거다."

제갈휘는 혀를 찼다.

당가를 지원하는 것은 별것 아닌 문제였다.

진짜 문제는 하필 정천맹에서 당가를 지원하기 위해서 남궁세가를 보냈다는 것이다.

스스로 남궁세가를 버리겠다고 선언한 남궁산인 이상 그들을 보는 것이 껄끄러울 수밖에는 없을 것이다.

"야, 정신 차려!"

보다 못한 매검이 남궁산을 보며 소리쳤다.

남궁산은 외투를 벗고는 불안이 가득한 떨리는 눈으로 매검을 보았다.

"어, 어떻게 하지?"

"뭘 어떻게 해. 설마 죽이기야 하겠냐?"

남궁산은 울상을 지었다.

하필 여기에서 남궁세가를 마주하다니, 남궁산은 지금이라도 담을 뛰어넘어 도망가고 싶은 심정이었다.

"할아버님은 정말 나를 반쯤 죽일지도 몰라."

"너를?"

"그렇다니까! 다정하실 때는 정말 다정하고, 엄하실 때는 호랭이도 도망가는 분이셔."

"너를 때려잡는다고?"

제갈휘는 피식 웃었다.

"고양이한테 맞아 죽는 호랑이도 있는 법이군."

위지화영이 정정해 주었다.

"고양이라니요. 실례예요. 살쾡이 정도로 하죠."

"장난칠 기분 아니라니까?"

제갈휘는 쓴웃음을 지었다.

'장난이라⋯⋯.'

당가로 들어와 남궁장천과 당와를 직접 보면서 제갈휘는 실감했다.

자신들이 얼마나 강해졌는지 말이다.

천검의 진전을 잇기 전에도 사해방의 최고수라 할 수 있는 이들과 맞서 싸울 수 있던 그들이었다.

그런 그들이 천검의 진전까지 이었다.

덕분에 그들은 지금 이 순간에도 강해지고 있는 중이었다.

문제는 스스로가 얼마나 강해졌는지 실감할 방법이 없었다는 것뿐.

당와와 남궁장천이 그 잣대가 되어 주었다.

오대세가의 가주들이자 그들이 태어나기도 전부터 천하에 무명을 떨쳤던 이들을 직접 보았다.

그리고 제갈휘의 눈에 그들의 무위가 훤히 보였다.

그제야 제갈휘는 실감했다.

그들은 남궁장천과 당와보다도 강해진 것이다.

제갈휘는 슬쩍 남궁산을 바라보았다.

'그리고 저놈은 더 강하지.'

그런 제갈휘조차 이제는 남궁산의 무위를 짐작할 수가

없었다.

제갈휘가 반보씩 나아가는 순간에 남궁산은 몇 걸음씩 뛰어나가고 있었다.

그런 남궁산이 남궁장천에게 맞아 죽는다?

재미있는 말이었다.

"뭐, 조부님과 싸울 수는 없으니까."

매검은 이해한다는 듯 고개를 끄덕였다.

제갈휘가 어이없다는 듯 매검을 보며 말했다.

"조부님하고 매번 비무하자고 달려들던 너 아니었냐?"

"그건 비무지, 비무."

제갈휘는 고개를 설레설레 저었다.

"그건 그렇고, 이제 어떻게 할 거지?"

제갈휘가 고개를 돌려 유진천에게 물었다.

대충 계획이야 서 있지만, 한 단계가 무사히 끝난 이상 다음 단계에 대해서 확실히 짚고 넘어갈 필요가 있었다.

"위지세가는?"

"빙궁과 따로 방을 잡아 쉬고 있다. 혹시 모르니 출입은 자제하라고 해 뒀어."

"그럼 됐어. 이제 기다리면 되겠군."

"제일 지루한 게 남았군."

그때, 남궁산이 자리에서 벌떡 일어났다.

그러더니 안절부절 못하는 얼굴로 초조하게 문을 바라보

았다.

"어, 어떻게 하지?"

"왜……."

왜 그러느냐고 물어보려던 제갈휘는 문밖으로 다가오는 인기척을 느끼고 입을 다물었다.

'여러 가지로 사람 신경 거슬리게 하는군, 저놈.'

자신이 느끼기도 전에 남궁산이 인기척을 감지했다.

더구나 걸어오는 이의 기운을 식별하자 기분은 더욱 나빠졌다.

자신이 인기척을 알아채기도 전에 남궁산은 다가오는 이의 기운까지 감지하고 누구인지도 알아챈 후였다.

제갈휘는 쓴웃음을 지었다.

'이젠 놀리지도 못하겠군. 잘못했다가는 칼 맞겠어.'

문을 두드리는 소리가 들렸다.

남궁산의 얼굴이 조금 하얘졌다.

위지화영이 외투를 뒤집어쓰고 문으로 걸어갔다.

다른 이들도 모두 다시금 외투를 뒤집어썼다.

문을 열자 남궁산의 큰형인 남궁강이 서 있었다.

"남궁세가의 남궁강입니다. 빙궁주님께 전해 드릴 말이 있어서 왔습니다."

"궁주님은 옆방에 계십니다."

"그렇습니까?"

남궁강은 살짝 고개를 숙이고는 물러났다.

그러고는 고개를 갸웃거리며 그들을 다시 한 번 바라보았다.

"그럼."

위지화영은 서둘러 문을 닫았다.

문이 닫히는 동시에 남궁산이 깊게 숨을 내쉬었다.

그러고는 작은 목소리로 속삭였다.

"이러다가 심장마비로 죽을 거야."

제갈휘는 조금 전 했던 생각을 취소했다.

'놀려도 되겠군. 아무리 강해져도 천성이 저런 이상은 말이야.'

제갈휘는 가볍게 웃었다.

❖   ❖   ❖

사천당문의 당와.

남궁세가의 남궁장천.

북해빙궁의 냉기하.

그들이 서로를 마주 보고 앉았다.

밤이 깊어 가고 마련이 아직 당도할 시간이 아니라 여긴 당와가 빙궁주를 청한 것이다.

"먼저 본 가를 돕기 위해 먼 걸음을 해 주신 것에 다시

한 번 감사드립니다."

냉기학은 고개를 저었다.

"당연한 일입니다. 정천맹이 무너지면 다음은 본 궁의 차례가 될 터인데, 우리가 돕지 않을 이유가 없지요."

"하남으로 가셔도 됐을 텐데, 여기까지 먼 걸음을 해 주셨으니 저희가 어찌 감사드리지 않을 수 있겠습니까?"

냉기학은 가볍게 웃는 것으로 당와의 말을 받았다.

그들이 당문으로 온 것은 당가를 돕기 위해서가 아니었다. 그저 이제 시기가 되었다는 전갈을 받았기 때문이다.

그게 아니었다면 빙궁주도 굳이 사천으로 오지는 않았을 것이다.

"마련의 위치는 파악이 되었습니까?"

"아직 시간은 조금 있는 듯합니다."

"어찌 보면 재미있는 일이군요. 적의 움직임을 이렇게 빤히 알 수 있다니."

남궁장천이 냉기학의 말을 받았다.

"그들이 보이고 있기 때문이지요."

"무슨 말씀이신지?"

"마련은 모습을 감추지 않습니다. 관도를 타고 움직일 뿐이지요. 덕분에 그들이 어디에 있는지는 누구라도 다 알수 있습니다."

"하지만 청성은 습격을 받았다 하지 않았습니까?"

"그 움직임이 전령보다 빨랐기 때문입니다. 숨어서 기습을 펼친 것이 아니지요."

냉기학이 어이없다는 듯 목소리를 높였다.

"왜 그런 짓을 한다는 말입니까?"

"마인들의 생각을 어찌 알 수 있겠습니까. 현실이 그러니 그런가 보다 할 뿐이지요."

냉기학은 고개를 설레설레 저었다.

확실히 도무지 무슨 생각을 하는 건지 짐작할 수가 없었다.

"이백의 마인이라 들었습니다."

"사실입니다."

"그 정도면 어느 정도의 전력인지?"

"동수의 마인들에게 청성이 멸문을 당했습니다."

냉기학의 안색이 어두워졌다.

"청성이……."

"게다가 거의 피해를 주지 못한 듯싶습니다. 아무리 이곳에 당가와 남궁, 빙궁이 모였다고는 하나 이백의 마인들을 압도할 전력이냐고 묻는다면 대답이 쉽지 않습니다. 객관적으로 보자면, 비슷한 정도겠지요."

남궁장천은 이 상황에서도 솔직히 말하지 못하는 자신이 우스웠다.

비슷한 정도?

객관적으로 드러난 전력대로라면 그들만으로 이백의 마

144

인을 막아서는 것은 자살행위였다.

당가타라는 지형의 이점을 최대한 살려서 저항한다고 해도 전황이 좋다고는 죽어도 말할 수 없을 정도였다.

하남으로 오백의 마인이 이동하고 있었기에 전력을 빼올 수 없었을 뿐, 가능했다면 오대세가 두셋 정도는 더 데리고 왔을 것이다.

그래야 겨우 전력을 논할 상황이 되었다.

남궁장천은 스스로와 가문에 대한 자부심이 강한 무인이었지만, 객관적인 현실을 부정할 정도로 멍청하지는 않았다.

자부심과 오만은 구분해야 하는 것이다.

그나마 다행인 것은 마련의 마인들이 마치 산보라도 하는 듯이 느릿하게 이동하고 있다는 점.

덕분에 남궁세가와 빙궁이 그들보다 빨리 도착할 수 있었다.

그게 아니었다면 이미 당가는 세상에 존재하지 않았을 것이다.

"그럼 다른 지원은 없는 것입니까?"

빙궁주 냉기학의 말에 남궁장천은 한숨을 푹 내쉬었다.

"다른 문파들은 지금 하남으로 모두 모이고 있습니다. 이들을 제외한 모든 마인들이 하남으로 향하고 있기 때문이지요."

"하나 이들의 전력은 전체 마인들의 삼분지 일이나 되지 않습니까? 그들을 세 개의 문파만으로 막아 내란 말씀이십니까?"

"맞서 싸울 필요는 없습니다. 시간만 끌다 보면 하남에서 결판이 날 테니까요."

"흐음……."

"다행히 이곳은 당가타입니다. 당가타는 천하 그 어디보다 더 뚫기 어려운 곳입니다. 우리가 비록 군은 아니나 수성을 펼친다면 막아 낼 수 있을 것입니다."

"알겠소이다."

냉기학은 석연치 않다는 얼굴로 마지못해 수긍했다.

"하남으로 향하지 않는 전력은 없소이까?"

남궁장천은 고개를 저었다.

"없소이다."

"내가 알기로는 양쪽 모두에 속하지 않은 세력이 있다고 알고 있소만?"

"오독문이나 포달랍궁 역시 지원을 하려고 하는 듯하나 시일이 너무 촉박합니다."

냉기학은 재지 않고 바로 본론을 꺼냈다.

"위지세가나 오괴는 어떻소이까?"

남궁장천이 눈살을 찌푸렸다.

"위지세가는 신강으로 갔습니다. 그들이 우릴 도울 이유가 없지요. 그리고 오괴라니, 그 어린아이 다섯이 무슨 큰 도움이 된다고 세력씩이나 되겠습니까."

당와도 어이없다는 얼굴로 냉기학을 바라보았다.

"그렇습니까?"

냉기학은 속으로 혀를 찼다.

이들은 중원인이면서도 오괴를 모르고 있었다.

아니, 정확하게는 유진천이 어떤 자인지 모르고 있었다.

적이 되어 보지 않은 이는 그가 얼마나 두려운 인간인지 알지 못했다.

인간임을 의심하게 만드는 무력.

그리고 목적을 위해서는 어떤 수단도 서슴없이 꺼내 드는 과감성.

그리고 그 모든 것을 초월해서……

냉기학의 몸이 부르르 떨렸다.

만약 유진천이 강하기만 했다면, 냉기학은 결코 유진천의 강압에 가까운 권고에 따르지 않았을 것이다.

하지만 냉기학은 보았다.

유진천이 빙정을 이용하여 단번에 빙백신공을 익혀 내는 모습을.

무인이라면 그게 얼마나 무서운 일인지 누구라도 알 수 있을 것이다.

유진천이 마음만 먹는다면 빙백신공의 수련법과 약점 등이 천하에 낱낱이 까발려질 것이다.

'그걸로 빙궁은 끝이겠지.'

그런 방법을 쓰지 않는다 하더라도 냉기학은 유진천을 거스르고 싶지 않았다.

전에 보았을 때도 빙궁만으로 감당하기가 어렵다고 느껴졌던 유진천이다.

그러나 그건 빙산에 일각에 불과했다.

이번에 다시 본 유진천은 두렵다기보다는 아득하다는 심정을 느끼게 해 주었다.

아무것도 느껴지지 않았다.

예전에는 그나마 그의 경지를 짐작하고 두려워할 여지라도 주었건만, 지금의 유진천은 그 단계마저 뛰어넘어 버렸다.

천하의 북해빙궁주 냉기학이지만 지금 그는 유진천이 어느정도의 경지에 올라 있는지 가늠이 되지 않았다.

'마련은 두렵다. 하지만 마련보다 광괴가 더 두렵다.'

천하의 누구도 빙궁주가 누군가를 두려워한다는 말을 믿지 않을 것이다.

하지만 냉기학은 순순히 인정했다.

중원인과는 다른 그의 기질이 그것을 가능하게 만들었다.

척박한 북해에서 사는 이들은 누구보다 대자연을 두려워할 줄 알아야 한다.

자신의 한계를 정확하게 가늠하고 감당할 수 없는 일을 피해야 했다.

상황에서 지휘를 받아 보았자 제대로 된 호응이 나올 리 만무하지요."

당와는 쓴웃음을 지었다.

확실히 냉기학의 말은 틀리지 않았다.

아니, 오히려 정확하게 사태를 진단하고 있었다.

당가에 반감을 가지고 있는 상태에서 지시를 내려 보았자 제대로 된 반응을 이끌어 내는 것은 어려울 터였다.

"그럼 어떻게 해야 한다고 생각하십니까?"

"방법은 두 가지입니다. 제가 지휘권을 가지거나……."

남궁장천이 고개를 저었다.

"그건 안 될 말입니다. 무엇보다도 빙궁주께서 지휘권을 가질 경우에는 제대로 된 지휘를 할 수가 없습니다. 다른 곳이라면 모를까, 이곳은 당가타입니다. 어떤 시점에 어떤 기관을 활용하고 어떤 독을 풀어 낼 것인가를 생각해야 합니다. 외인이 지휘를 맡는 것은 무모한 일이지요."

냉기학은 가만히 남궁장천을 바라보았다.

그의 말도 일리가 있었다.

하지만 북해인인 그가 보기에는 중원인이 지휘권을 가지게 하려는 얄팍한 수작으로 비쳐질 수도 있을 것이다.

"기관은 당가에서 조작하면 됩니다. 어느 곳에 어떤 기관이 있든 적이 몰려 있는 곳에 기관을 터뜨리는 것은 어렵지 않은 일이지요. 어차피 외부로 나가서 그들을 상대할 것이 아니라면 기관을 전담하는 인원을 나눠 버리면 됩니다."

"하지만 그렇게 해서는……."

냉기학은 남궁장천의 말을 끊었다.

"또 하나의 방법은 당가에서 지휘권을 가지는 것입니다. 하지만 이 경우에는 우리 아이들이 승복하지 않을 겁니다. 반대의 경우 역시 마찬가지라고 봅니다. 제가 지휘를 내린다 해도 제대로 된 효율을 바라기는 어렵겠지요."

남궁장천은 한숨을 쉬었다.

평소 같은 상황이라면 고민하지 않을 일이었다.

하지만 지금은 무엇보다도 중요한 문제였다.

가장 큰 문제는 두 가지 민족이 서로 섞여 들었다는 것이다.

마련의 발호 전, 그들은 중원과 세외로 나뉘어 서로 반목하던 입장이었다.

그런 이들이 함께 모여 싸우려니 이런 문제가 생기는 것이다.

누가 지휘를 한다고 해도 지휘하는 반대쪽 세력에서는 그 사실에 반감을 가질 것이다.

"그래서 말인데……."

냉기학이 가볍게 미소를 지었다.

"비무로 정하는 게 어떻습니까?"

남궁장천이 눈살을 찌푸렸다.

"마련이 시시각각 다가오고 있소. 게다가 조금 뒤면 하나의 적을 맞아 함께 싸워야 할 입장이오. 그런데 비무를 하자? 너무 태평한 말 아니오?"

"물론 시기가 맞지 않다는 것은 알고 있습니다. 하지만 이게 가장 좋은 방법이지요. 어차피 우리들은 모두 무인입니다. 가장 강한 자가 지휘를 한다면 불만을 가질 이들이 있을 리 없습니다."

당와는 한숨을 쉬었다.

강호는 강자존이 지배하는 곳이다.

하지만 그렇다 해서 강자가 모든 능력을 갖춘 곳은 아니다.

그렇다면 군사라는 직함이 존재할 이유가 없지 않은가.

"하나……."

냉기학이 손을 내저었다.

"들어 보십시오."

당와와 남궁장천은 침중한 눈으로 냉기학을 바라보았다.

"이것 외에는 우리 아이들의 불만을 잠재울 방법이 없습니다. 빙궁은 그 어느 곳보다 강자존의 율법이 살아 있는 곳입니다. 귀 문파 측에서 우리의 대표를 꺾어 낸다면 누구도 불만을 가지지 않고 귀 파의 지시를 따를 것입니다."

"흐으음."

남궁장천은 냉정하게 빙궁주와 당가주의 무위를 비교해 보았다.

'모르겠군.'

남궁장천의 확실히 그들보다 반수는 앞서 있었지만, 빙궁주와 당가주는 누가 이긴다고 딱히 장담할 수 없었다.

반수 위라 자부하는 남궁장천도 실전으로 들어간다면 그들을 완벽하게 이길 수 있다고 자신할 수 없었다.

승부란 그런 것이었다.

사소한 실수와 운, 그때의 상태로 더 강한 자가 꺾이기도 하는 것이 승부였다.

"하나……."

그때, 냉기학이 결정타를 내놓았다.

"다만, 제 생각에 빙궁에서 지휘권을 가지는 것은 안 될 말입니다."

남궁장천이 고개를 갸웃했다.

무슨 말을 하는 것인가?

"비무로 지휘권을 가리되, 당가가 이겨야 합니다."

"오!"

남궁장천이 탄성을 내뱉었다.

냉기학의 말은 승부를 가르되, 일부러 져 주겠다는 말이 아닌가.

"그럼?"

냉기학은 미소를 지으며 말을 이었다.

"빙궁의 대표는 제가 아니라 다른 이가 나갈 것입니다. 저는 몸이 좋지 않아 몸을 다스린다고 하면 될 일입니다.

완전하지는 않아도 그 정도면 아이들을 납득시킬 수 있을 것이고, 정당한 승부라면 불만을 가질지언정 반발하지는 않을 것입니다."

남궁장천이 연신 고개를 끄덕였다.

이 상황에서는 최선의 방법이었다.

"빙궁주의 결단에 감사드립니다."

냉기학은 부드럽게 웃었다.

"적을 앞두고 친구끼리 다툴 필요가 있겠습니까."

하지만 당와는 여전히 미심쩍다는 얼굴이었다.

"하나 만약 그자의 무위가 만만치 않다면 다 쓸모없는 논의가 되어 버리지 않겠습니까? 궁주가 가장 강하다는 보장도 없는 노릇인데."

냉기학은 두말 없이 가슴을 풀어헤쳤다.

당와와 남궁장천이 눈살을 찌푸렸다.

이게 뭐하는 짓이란 말인가.

하지만 이내 드러난 냉기학의 가슴에 당와와 남궁장천은 모두 할 말을 잃었다.

겉으로 보기에도 끔찍한 상처가 가슴 곳곳에 새겨져 있던 것이다.

냉기학은 담담하게 말을 이었다.

"빙궁은 강자가 지배하는 곳입니다. 제가 빙궁에서 가장 강하지 않았다면 제가 궁주일 이유가 없지요. 가장 강한 자가 궁주가 되는 것. 그것이 바로 빙궁의 율법입니다."

빙궁은 최근에 외적과 맞서 싸운 적이 없었다.

그렇다면 빙궁주의 가슴에 새겨진 상처들은 빙궁 내부의 경쟁에서 만들어진 것이라 봐야 했다.

혈통 같은 것이 아니라 진정으로 싸워서 쟁취한 자리인 것이다.

그제야 당와는 냉기학의 제안을 받아들였다.

"빙궁주께서 그렇게까지 말씀하시니 괜한 의심을 했던 제가 민망해집니다."

당와가 자리에서 일어나 포권을 하며 사과하자 냉기학은 마주 포권하며 당와의 사과를 받았다.

"천만에 말씀이십니다. 문주 된 입장에서 귀 가의 안전을 위해 하신 말씀인 것을 알고 있습니다. 그러니 괘념치 마십시오."

냉기학의 말에 당와는 연신 미소를 지었다.

그렇게 그들은 간단히 비무에 대한 것을 논의하고 자리를 떴다.

비무는 내일 아침 벌어질 것이다.

그리고 논의를 마친 냉기학은 처소로 돌아가지 않고 오괴가 머물고 있는 방을 찾았다.

방으로 들어온 그에게 제갈휘가 음흉한 미소를 지으며

물었다.

"잘되었습니까?"

냉기학은 눈살을 찌푸리며 대답했다.

"일단은 시키는 대로 했네. 그런데 왜 굳이 상황을 이렇게 끌어 가야 하는 건지 모르겠네."

"그야 간단합니다. 그렇게 하지 않으면 빙궁의 문도들은 화살받이가 될 테니까요. 중원인은 영악합니다. 그러니 자신들의 세력은 최대한 보호하고 빙궁의 세력을 소진시키려 들 것입니다."

"당장 눈앞의 적조차 막을 수 있을지 모르는데 훗날을 대비한다는 말인가? 그러다가 이길 수 있는 싸움도 지게 되면 어쩌려고 그런단 말인가?"

제갈휘는 고소를 지었다.

"같이 죽거나 이득을 보고 이기거나, 둘 중의 하나가 되는 것이지요. 그게 중원의 방식입니다."

냉기학은 납득한 얼굴은 아니었지만 굳이 여기서 그와 논쟁을 벌일 필요는 없다고 생각했는지 더 이상 따져 묻지는 않았다.

"여하튼 말한 대로 했네."

"수고하셨습니다. 이걸로 빙궁은 전력을 보존할 수 있을 것입니다."

냉기학은 여전히 불만 어린 얼굴이었다.

"그대의 말대로라면 그대 역시 중원인 아닌가. 중원인인 그대가 빙궁의 피해를 줄여 줄 이유가 있는가?"

"중원은 우리의 적이지만, 빙궁은 우리의 친구이기 때문이지요."

"하지만……."

제갈휘는 간단히 냉기학을 납득시켰다.

"무엇보다도 빙궁은 우리에게 있어서 딱히 위협적이지 못합니다. 당가처럼 빙궁의 세력을 줄여 놓기 위해 애쓸 필요가 없다는 것이지요."

냉기학은 자존심이 상한 얼굴이었지만, 그 사실만은 인정했다.

자신보다 강한 사람이 넷이나 있다.

그리고 자신이 손도 섞어 보지 못할 강자가 있다.

과거에는 혼자였으나 이제는 세력마저 거느리고 있는 유진천이 빙궁을 신경 쓸 이유가 없었다.

"일단 알겠네."

제갈휘는 유진천을 돌아보았다.

"네가 이런 식으로 쓸모가 있을 줄은 몰랐다."

유진천의 입가에 잔잔한 미소가 맺혔다.

71장
빙공(氷功)

"비무?"

소식은 순식간에 당가타에 퍼져 나갔다.

서로 다른 세 문파의 지휘권을 놓고 사천당가와 빙궁이 비무를 펼친다는 소식을 들은 이들이 저마다 기대감을 고조시켰다.

"남궁세가는?"

"남궁은 당가에 양보한다는군."

"남궁장천 대협께서 큰 결단을 하셨군."

"빙궁보다야 낫지 않겠는가?"

"그래서 당가에서는 누가 대표로 나선다던가?"

"아무래도 당가주께서 나서시지 않겠는가?"

남궁세가와 사천당가는 같은 오대세가라는 이름으로 묶여 있고 나름 교류도 활발한 편이었기에 남궁세가를 사천당가가 지휘한다는 것에 큰 불만이 없는 편이었다.

하지만 빙궁은 달랐다.

"비무라니, 비리비리한 중원 놈들이 겁을 상실했군."

"그러게나 말이다. 감히 비무를 통해서 지휘권을 가지겠다? 헛꿈 꾸고 있군."

빙궁은 사천당가와 딱히 유대가 없기에 사천당가의 지휘를 받는 것이 달갑지 않았다.

이렇게 된 바에 비무에서 이겨 지휘권을 가져온다면 이득이라는 말이 퍼져 나갔다.

"그런데 여기가 사천당가인데, 우리가 지휘권을 가져도 되는 건가?"

"그게 좀 이상하긴 하지만, 저놈들에게 명령을 받는 것보다는 낫지."

이런저런 생각들이 당가타를 가득 채웠다.

그중 가장 큰 고민을 하고 있는 이는 누가 뭐래도 남궁장천과 당와였다.

"누굴 내보내야 하겠습니까?"

당와의 말에 남궁장천이 턱수염을 쓸어내렸다.

"고민이로군. 자네 생각은 어떤가?"

"강이가 나가도 괜찮고, 그렇지 않다면 제 자식 놈을 내

보내는 것은 어떻겠습니까?"

"소가주를 말인가?"

"예, 그렇습니다. 아무래도 빙궁에서 궁주가 나오지 않는데 우리가 직접 나서는 것도 모양새가 영 좋지 못하니까요."

남궁장천은 미간을 찌푸렸다.

"그런데 말일세."

"말씀하십시오."

"자네는 정말 빙궁주가 양보해 주기 위해서 자신이 나서지 않는다고 생각하는가?"

"음……."

당와는 잠시 머뭇거렸다.

그 역시 걸리는 것이 있었다.

그가 아는 빙궁이라는 곳은 자존심이 극도로 높은 무인들의 집단이었다.

환경이 워낙 척박했기에 그들은 거칠고, 또한 강했다.

그런 만큼 자부심도 뛰어났다.

그런 이들의 수장이 바로 빙궁주였다.

그런 이가 스스로 지휘권을 내놓겠다고 했다.

'현명한 이라면 그렇게 하는 것이 맞겠지. 그게 더 많은 이들을 살릴 수 있는 방법이니까. 하지만…….'

어떤 의미에는 찜찜한 것도 사실이었다.

만약 당가에서 지휘권을 가진다면 아무래도 더 많은 빙궁의 무인들이 사지로 내몰릴 것이다.

아무리 객관적으로 지휘하려 해도 당와도 사람인 이상 어쩔 수가 없다.

그리고 빙궁주도 그 사실을 모르지는 않을 것이다.

'그런데도 순순히 지휘권을 내놓겠다라…….'

만약 정말 순순히 지휘권을 내놓을 생각을 했다면 그전에 빙궁의 무인들을 헛되이 상하게 하지 말라는 다짐을 받으려 애썼을 것이다.

하지만 그 최소한의 움직임도 없다는 것이 당와를 찝찝하게 만들었다.

"정말 양보를 하려 했을 수도 있습니다. 굳이 다른 말을 덧붙이지 않은 것은 그 태도에 제가 스스로 언짢음을 느껴 빙궁의 무인들을 보호해 주는 것을 노렸을 수도 있지요. 그게 아니라면……."

"아니라면?"

당와는 굳은 얼굴로 말을 이었다.

"승부를 양보하는 척 방심을 시켜 놓고 비무를 이겨 버릴 생각을 할 수도 있을 겁니다."

"나도 그렇게 생각하네."

"하지만 빙궁에서 가장 강한 이가 빙궁주라는 것은 명백한 일인데……."

"더 강한 이가 있다는 뜻이겠지. 그러니 그것을 강조했을 테고 말이야."

"제 생각도 그렇습니다."

"다만……."

남궁장천은 침음성을 삼켰다.

빙궁주보다 더 강한 이가 있다는 것은 사실 그리 놀라운 일이 아니었다.

정무에 시간을 빼앗겨야 하는 가주들보다는 무학에 모든 것을 바칠 수 있는 호법들이 더 강한 경우도 많으니.

만약 그들이 중원인이었다면 그런 사실을 조금도 이상하게 생각하지 않았을 것이다.

하지만 그들은 빙궁의 인물들이다.

빙궁은 강자존으로 중원에까지 유명한 곳이다.

역대로 충돌이 있을 때마다 중원에 놀라움을 일게 한 이는 모두가 빠짐없이 북해빙궁주였다.

애초에 북해 무학의 꽃이라는 빙백신공의 후계자 자격을 갖춘 이들에게만 전수되기에 가능한 일인 것이다.

'그런데도 빙궁주보다 강한 이가 있다?'

가능성은 두 가지였다.

하나는 빙궁주의 후계자가 이미 빙궁주의 무위를 뛰어넘었으나 아직 빙궁주의 자리를 물려받지 않은 경우.

이 경우라면 어린 나이에 빙궁주의 무위를 뛰어넘은 후

계자의 무위가 우려되기는 하나 큰 문제는 아니었다.

일단 눈앞에 닥친 마련의 마수를 벗어나는 것이 우선이니까.

하지만 다른 경우라면 말이 달랐다.

빙궁의 무학을 익히지 않은 이가 빙궁에 들어와 있는 경우.

그리고 그가 빙궁을 움직이고 있는 경우.

"무슨 생각을 하고 계십니까?"

남궁장천은 한숨을 쉬었다.

"자네가 하고 있는 생각이네."

당와는 가볍게 미소를 지었다.

"역시 같은 생각을 하고 계신 모양이군요. 하지만 만약 빙궁을 누군가 조종하고 있다 해도 문제는 없지 않습니까?"

"문제가 없다?"

"마련은 빙궁을 조종하지 않을 겁니다. 그들의 입장에서는 우리나 빙궁이나 모조리 쳐 죽여 버릴 놈들에 불과할 테니까요. 그리고 만약 다른 세력이 빙궁을 조종하고 있다면 문제가 되겠지만, 지금 당장은 문제가 아닙니다. 훗날에 벌어질 사단을 걱정하기에는 지금 우리가 처한 처지가 백척간두나 다름없지 않습니까?"

남궁장천은 힘없이 고개를 끄덕였다.

"자네 말이 맞네."

만약 빙궁이 다른 꿍꿍이가 있다 하더라도 마련과 손을 잡은 경우만 아니라면 묵인해야 한다.

그만큼 지금 그들에게는 빙궁의 도움이 절실했다.

'이런 꼴이라니.'

남궁장천은 회의가 일었지만 다른 방법이 없었다.

"그래서 비무 말입니다만……."

남궁장천이 고개를 들어 당와를 바라보았다.

"어찌할 텐가?"

"방법이 없지 않습니까?"

남궁장천이 빤히 당와를 바라보다가 무겁게 고개를 끄덕였다.

"수고스럽겠지만……."

"그러실 것 없습니다. 입장이 반대라면 선배께서 나가셔야 했을 일입니다. 가문의 명예와 생존이 달린 일인데 수고스럽다고 피할 일은 아니지요."

당와는 스스로 비무에 나서기로 결심했다.

빙궁주가 어떠한 음모를 꾸미는지는 알 수 없었지만, 당와가 나서게 된다면 변수를 모조리 제거할 수 있었다.

상대가 빙궁주보다 강한 이라고 해도 두려울 것이 없었다.

그는 암왕(暗王) 당와(當渦).

사천당가의 가주이자 왕의 칭호를 가진 무인이었다.

"어찌 되었든 비무입니다. 비무인 이상 더 강한 이가 이길 겁니다. 그걸로 충분하지요."

남궁장천은 고개를 끄덕였다.

하지만 내심 못내 불안한 감정을 지울 수는 없었다.

무인의 자존심을 건드릴 수는 없기에 표현할 수는 없지만, 저들이 당와가 직접 나올 상황을 고려하지 않았을 가능성이 얼마나 될까?

혹시 당와가 나오더라도 상대할 자신이 있는 것이 아닐까?

당와는 그런 남궁장천의 얼굴을 빤히 보더니 너털웃음을 터뜨렸다.

"걱정되십니까?"

"아닐세. 내가 무슨 걱정을 하겠는가, 자네가 나선다는데."

"쯧쯧, 마음에도 없는 소리 하지 마십시오. 걱정되어 죽겠다고 얼굴에 쓰여져 있는데 말입니다."

"아니라니까 그러네, 이 사람."

당와는 껄껄 웃고는 말했다.

"걱정 안 하셔도 됩니다. 혹여 저보다 강한 이가 나온다고 해도 제가 이길 수밖에 없습니다."

"그게 무슨 소린가?"

"잊으신 것은 아니겠지요? 이것은 당문과 빙궁의 비무입니다."

"으음?"

"혹여 저보다 강한 이가 저들 중에 숨어 있다고 해도 그는 저와의 비무에서 빙공을 사용해야 합니다."

"아?"

남궁장천이 무릎을 탁, 내려쳤다.

왜 그걸 생각 못했을까?

이것은 빙궁과 당문의 비무였다.

그렇다면 사용할 수 있는 무학도 빙궁의 것과 당문의 것이 되어야 한다.

다른 무공을 사용해 놓고 빙궁 소속이라고 우기는 것이 통용되지 않는 비무였다.

"빙공으로 저를 이길 자가 있다면 어차피 빙궁이 이기는 겁니다. 그게 아니라면 제가 이기는 거지요. 간단하지 않습니까?"

남궁장천이 고개를 끄덕였다.

"그렇다면 결국 걱정할 일이 아니겠군. 어차피 무위로 결판이 날 테니까. 말 그대로 비무가 되겠군."

"그렇습니다."

당와는 여유가 가득한 얼굴로 고개를 끄덕였다.

남궁장천의 당와의 그런 표정을 보며 안심함과 동시에

자신의 마음 한구석에서 스멀스멀 기어오르는 불안감에 몸서리쳐야 했다.

'왜 이리도 불안한 것인가?'

❖   ❖   ❖

"빙공이다."

제갈휘의 말에 남궁산이 고개를 갸웃했다.

"빙공?"

"그래. 열쇠는 빙공."

"무슨 소리냐?"

"아무리 사람 좋은 얼굴로 지휘권은 그쪽이 가져가야 한다고 말했다 해도 당가주나 남궁 대협께서 그 말을 쉽게 믿지는 않을 거란 말이지. 강호에서 굴러먹은 날이 얼만데."

"남의 할아버님더러 굴러먹다니!"

"아아, 중요하지 않은 건 넘어가라고."

제갈휘는 손을 휘휘 내젓는 말을 이었다.

"그럼에도 비무를 받아들인 것은 간단한 이치지. 혹시 빙궁주보다 더 강한 이를 숨겨 놨다고 해도 상관없다. 왜냐면 빙궁의 무공을 쓰지 않은 이가 비무에서 이긴다면 빙궁의 문도가 아니기에 반칙이라는 말로 지휘권을 가져올 수 있고, 빙궁의 무학을 쓰는 이가 나온다면 당가주가 직접 나섬으로써 이길 수 있다."

"으음."

"사실 그게 맞긴 해. 왜냐면 빙궁주의 무위는 당가주에 비해 좀 처지는 편이거든. 그러니까 빙궁주보다 훨씬 더 강한 빙공을 익힌 사람이 있지 않은 이상 승리할 수 없는 비무지. 이 조건은 생각보다 무척 까다로워. 예로부터 천하제일의 빙공을 익힌 이를 우리는 북해빙궁주라고 불러 왔거든."

"……그렇지."

"최고의 빙공을 익힌 이는 빙궁주가 된다. 그러니까 빙궁주는 천하제일의 빙공 고수다. 이게 지금까지는 부합하는 명제였는데, 여기에 오류가 생긴 거지."

제갈휘는 슬쩍 유진천을 바라보았다.

"저거 때문에."

매검이 혀를 찼다.

"만악의 근원이군."

"그렇다고 할 수 있지."

"그러니까, 진천이가 나서서 빙공을 써서 당가주를 쓰러뜨리면 모든 게 해결된다는 거야?"

"그렇지."

남궁산은 이해를 못하겠다는 듯 고개를 저었다.

"이상하잖아."

"뭐가?"

"그전에 진천이가 빙공 쓰는 것 본 사람 있잖아."

"응?"

"사해방에서도 봤고, 정천맹에서도 봤을 텐데? 그런데 빙공을 쓰는 것만으로 빙궁 출신이라고 속인다고? 되레 여기에 유진천이 있소, 라고 알리는 꼴밖에 안 되는 거 아냐?"

"호오?"

날카로운 지적에 제갈휘는 눈을 크게 뜨고는 남궁산의 머리를 쓰다듬었다.

"다 컸네, 이놈 자식. 말대꾸도 할 줄 알고."

"싸울래?"

제갈휘는 앗 뜨거라 손을 떼고는 웃었다.

"그래. 빙공을 쓴다는 것만으로는 해결할 수 없는 문제가 있지. 그런데 그것도 해결책이 있어."

"뭔데?"

"야, 유진천."

"말해."

유진천의 덤덤한 대답에 제갈휘는 웃으며 말했다.

"네가 익힌 빙공이 뭐라고 했지?"

"빙백신공."

제갈휘는 박수를 쳤다.

"여러분, 여기에 북해빙궁 직계 후계자에게만 전수된다는, 빙백신공을 익혔지만 북해빙궁도는 아닌 놈이 있습니다."

"……."

남궁산은 제갈휘의 말이 뜻하는 바를 알고는 할 말을 잃었다.

빙백신공은 북해빙궁의 대표 절기다.

빙백신공을 사용한다는 것만으로 그의 소속을 증명하는 것이나 마찬가지였다.

"뭐, 이런 경우가 다 있어?"

"그래. 참 웃긴 상황인데, 참 재밌는 상황이기도 하지. 여기 있는 사람이 누구냐는 상관없어. 확실한 것은 빙백신공을 사용해서 당와를 이길 수 있는 사람이 존재한다는 거지. 그것만으로도 이미 끝난 비무야."

"그럼 진천이가 빙궁에 소속되었다고 우길 셈이야?"

"그건 아니지."

"그럼? 나서기만 해도 다 알 텐데?"

"뭔 소리야? 알 리가 있나?"

"……자꾸 이상한 소리 하네. 왜 몰라? 저기 강이 형님도 계시는데."

제갈휘는 고개를 저었다.

"어차피 유진천이 독문 절기가 있는 것도 아니고, 빙공만 사용한다면 알아채긴 힘들어."

"얼굴을 알잖아."

"그래, 그거야! 그래서 말인데……."

제갈휘의 입가에 미소가 지어졌다.

"바로 그 상황을 해결하기 위해서 지금부터 우리가 고민을 해야 한다는 거지."

"뭘 고민한다고?"

제갈휘가 입가를 말아 올리고는 유진천을 바라보았다.

유진천이 알 수 없는 불안감에 눈살을 찌푸렸다.

"이 특징 없는 얼굴을 어떻게 하면 절대 이놈이라고 생각 못할 만큼 특징 있는 얼굴로 바꿀 것인가 말이야."

"역용을 하자는 건가?"

"그렇지. 어렵지 않은 일이잖아?"

"어설프게 역용을 했다가는 되레 문제가 생길 텐데."

"뭐, 그야 그렇지."

하지만 제갈휘는 여유만만했다.

"하지만 괜찮아. 우리는 역용한 것을 들키지 않는 게 목적이 아니라 이놈이 유진천이라는 것만 숨기면 되니까."

"응?"

"어차피 역용한 것 따위로는 깊게 따지고 들지 못할 거야. 아니, 오히려 역용해서 뭔가 음모를 꾸민다는 느낌이 들면 되레 이놈의 정체를 숨겨 주기 급급할걸?"

"말이 되는 소리를 해. 왜 그런 짓을 한단 말이야?"

"마련이 오고 있으니까."

제갈휘의 말은 남궁산의 가슴을 묵직하게 눌렀다.

"지금 있는 전력으로도 승부를 장담하기 어려운데 우리가 여기서 빠지거나 수틀려서 먼저 당가와 싸우게 된다면……장담컨대, 여기 있는 이들은 다 죽어."

"……."

"그걸 아니까 당가에서도 말을 못하는 거지. 검은 고양이든 희 고양이든 일단 쥐를 잡고 나서 시시비비를 가리고 싶을 테니까."

남궁산은 깊게 한숨을 쉬었다.

당가의 입장에서는 상대가 적일지도 모르는 상황에서도 살아남기 위해서 모든 것을 묵인하고 눈을 감아야 하는 상황인 것이다.

"끔찍하군."

"그래, 끔찍하지. 세상이란 그런 거야."

남궁산은 여전히 모르겠다는 듯 고개를 내져었다.

❖　　　❖　　　❖

"빙궁은 아직 멀었다는가?"

"지금 오고 있답니다."

남궁장천은 눈살을 찌푸렸다.

약속한 비무 시간이 일각이나 지났건만, 아직 빙궁의 무인들이 비무가 준비된 대연무장으로 오지 않고 있었다.

이건 꽤나 큰 무례였다.

"흐음."

남궁장천이 불편한 심기를 내보이자 남궁강이 남궁장천에게 넌지시 말을 건넸다.

"제가 알기로는 북해 쪽에는 약속 시간보다 조금 늦게 오는 관습이 있다고 합니다."

"음?"

"워낙 척박한 북해이다 보니 예부터 눈보라 등으로 제시간을 맞추기 어려운 일이 많았고, 이러한 일이 반복되다 보니 약속을 정하면 조금 늦게 가는 것이 관습화되었다고 하더군요."

"그런가?"

"예?"

남궁장천은 고개를 끄덕였다.

그 말이 사실이라면 그들을 탓할 일은 아니었다.

그들 나름으로는 예의를 갖춘 행동이라는 뜻도 되니까.

그럼에도 불편한 느낌은 사라지지 않았다.

그들이 늦어서 불편하다기보다는 불편하기에 그들이 조금 늦는 것마저 거슬리는 것이다.

그때, 남궁장천의 눈에 외투를 입은 빙궁의 인물들이 걸어오는 것이 보였다.

일백이 넘는 무인들이 오와 열을 맞추어 걸어오는 모습이 남궁장천의 가슴을 묵직하게 흔들었다.

남궁장천은 고개를 돌려 당와를 바라보았다.

"몸은 어떤가?"

"이 나이 먹고 몸 좋을 날이 있겠습니까. 뼈마디가 쑤셔 죽겠습니다."

"예끼, 내 앞에서 나이 이야기를 하는 것인가?"

"뭐, 같이 늙어 가는 처지에 그런 걸 따지고 그러십니까."

"끄응."

남궁장천은 쓴웃음을 지었다.

아무리 암왕 당와라고 하는 긴장되지 않을 수는 없을 터였다.

백이 넘는 비무를 치러 왔을 남궁장천도 매 비무 때마다 긴장되는 마음을 감추기 위해 애썼으니까.

아무리 칼밥을 먹고사는 이들이라고는 하나 담담할 수는 없는 것이다.

연무장에 도열한 빙궁의 무인들 사이에서 북해빙궁주가 천천히 걸어 나왔다.

빙궁주는 말없이 남궁장천을 응시했고, 남궁장천은 자리에서 입어나 웅혼한 목소리로 선언했다.

"금일, 이곳에서 북해빙궁과 사천당가 사이의 비무가 치러질 것이오. 비무의 목적은 앞으로 있을 저 마련의 악적들과의 대전을 보다 효율적으로 치르기 위한 명령 체계의 일원화에 있소. 이 비무에서 승리한 곳이 명령권을 가져갈 것이오. 양측의 수장께서는 이 말에 동의하시오?"

"그렇소."

"그렇소이다."

남궁장천은 고개를 끄덕였다.

"비무로 승부를 보고 결과에 승복해야 할 것이오. 오로지 비무의 결과만이 남을 뿐, 다른 이견은 인정되지 않소. 또한 비무에서 승리한 쪽에서 가져가는 명령권에 반하는 이들은 즉시 참하여 규율을 세울 것이오. 이에 동의하시오?"

이번에도 양쪽 모두 동의했다.

"그렇다면 나, 대남궁세가의 전대 가주인 남궁장천이 남궁세가와 정천맹의 이름을 대표하여 공증을 서도록 하겠소. 이 비무에 이견을 제시하는 자는 남궁세가와 정천맹의 이름을 먼저 넘어야 할 것이오. 양측의 대표는 앞으로 나서시오."

빙궁주와 남궁장천이 앞으로 나섰다.

"비무를 치를 이를 지목하시오."

당와는 주위를 둘러보며 소리쳤다.

"사천당가에서는 바로 나, 당와가 대표로 나설 것이오!"

그러자 사천당가 측에서 거대한 함성이 터져 나왔다.

암왕 당와.

그의 신위를 두 눈으로 볼 수 있는 꿈같은 기회가 그들에게 주어진 것이다.

북해빙궁주는 당와를 가만히 바라보다가 입을 열었다.

"가주께서 직접 나서시는 것입니까?"

"그렇습니다. 뭐가 잘못되었습니까?"

"그럴 리가 있겠습니까. 본디 예의를 따지자면 빙궁주된 입장으로서 제가 직접 나서 당가주님을 상대하는 것이 올바른 일일 것이나 안타깝게도 제가 최근 무학을 익히다 내상을 입은 관계로 직접 나서지 못함을 사과드립니다."

"안타까운 일입니다. 그럼 누가 나서는 것입니까?"

빙궁주는 뒤를 슬쩍 돌아보고는 말을 이었다.

"그래서 우리 빙궁에서는 빙궁의 총관을 내보내기로 하였습니다."

"총관?"

"잘 모르실 겁니다. 신임 총관이니까요."

그때, 한 사나이가 앞으로 나섰다.

두터운 외투로 전신을 가린 사나이는 묵직한 목소리로 입을 열었다.

"빙궁의 총관인 설중악(雪中樂)입니다."

당와의 눈이 가늘어졌다.

"저자가 나를 상대한다는 말입니까?"

"그렇습니다. 뭐가 잘못되었습니까?"

조금 전 당와가 했던 말을 그대로 돌려주는 빙궁주 냉기학 이었다.

"그건 아닙니다만……."

당와는 말끝을 흐렸다.

그러고는 설중악이라고 칭한 자를 바라보았다.

외투로 반쯤 가려진 아래로 두꺼운 입술과 덥수룩한 수염이 보였다.

하지만 그런 수염으로도 앳된 얼굴을 가리지는 못했다.

'서른이나 넘었을까?'

당와는 찬찬히 설중악을 살폈다.

하지만 더 이상 읽어 낼 수 있는 것이 없었다.

만약 서른이 조금 넘은 나이라면 결코 당와를 당해 낼 수는 없겠지만, 겉모습이 그의 실제 나이를 말해 준다고 볼 수도 없었다.

'결국은 아무것도 알 수 없다는 것이지.'

당와는 마음을 편히 먹었다.

그렇다면 달라질 것이 없다.

빙궁의 무학을 익힌 이라면 북해빙궁주가 아닌 이상 결코 당와의 손을 벗어나지는 못할 것이다.

당와는 자신에 차 있었다.

열양공과 빙공은 환경의 영향을 크게 받는 무학이다.

북해에서 펼쳐지는 빙공이라면 당와 역시 경시할 수 없겠지만, 중원에서도 가장 더운 사천에서 펼쳐지는 빙공은 그 위력이 반감될 수밖에 없다.

자신이 이룩한 빙공에 주변의 기운을 끌어 합일시키는 것이 빙공의 기본이다.

하지만 당와의 입장에서는 기껍게도 사천에서는 냉기라고는 눈을 씻고 봐도 찾기가 어려웠다.

그런데 당와가 무엇을 겁내겠는가.

"나는 사천당가의 당와요."

"북해빙궁의 설중악입니다."

"그 외투는 벗지 않을 생각이오?"

"북해에서부터 한 몸처럼 입어 온 것이라 불편함이 없습니다."

당와가 눈살을 찌푸렸다.

"하나 비무를 한다면 적어도 그 두건만은 벗는 것이 예의 아니겠소? 그리 두건을 눌러쓰고도 내 암기를 피할 수 있다고 생각하시는 거요?"

"북해에만 있다 사천에 들어오니 따가운 햇살이 무학을 펼치는 데 방해가 됩니다. 결코 당가주님을 경시해서가 아닙니다."

당와는 한편으로는 이해가 갔지만, 다른 한편으로는 화가 났다.

사천의 따가운 햇살이 익숙치 않다는 말은 이해가 갔지만, 다르게 생각하자면 당와의 암기가 햇살보다 덜 위협적이라는 뜻이나 마찬가지 아닌가.

"나는 경고했소."

"배려에 감사드립니다."

당와는 깊게 호흡을 들이켰다.

평소의 그라면 이 오만방자한 놈을 단숨에 고슴도치로 만들어 버렸겠지만, 지금은 달랐다.

우선 이 자리는 그런 자리가 아니었다.

어떠한 수를 써서라도 일단 완벽하게 승리해야만 하는 중요한 자리였다.

둘째, 보는 눈이 너무 많았다.

남궁과 당가, 게다가 빙궁까지 지켜보는 곳에서 경거망동할 정도로 당와는 멍청하지 않았다.

마지막이자 가장 중요한 이유는 눈앞에 보이는 이 오만방자한 놈이 영 심상치 않다는 것이었다.

'저 수염은 가짜겠지?'

어설프게 가짜 수염을 붙이고 나온 것이 애초부터 변장을 했다는 것을 숨길 생각 따위가 없다는 듯했다.

대놓고 변장을 했지만 안타깝게도 지금 당와는 그것을 지적할 형편이 되지 못했다.

'내 꼴이 우습군.'

게다가 눈앞의 이놈에게서는 아무것도 느껴지지 않았다.

승부를 앞에 둔 긴장감도, 무인에게서 느껴지는 예기도, 심지어 승리하겠다는 투지마저도 느껴지지 않았다.

산보라도 나온 듯한 여유?

아니, 그런 게 아니었다.

눈앞의 이자는 마치 텅 비어 있는 사람 같았다.

차라리 압도적인 투기라도 느껴지면 마음을 다잡을 수 있을 텐데, 아무것도 느껴지지 않으니 되레 껄끄러웠다.

당와는 설중악을 위아래로 훑어보고는 주먹을 살짝 쥐었다.

'내가 뭘 걱정하는 거지?'

누구라도 상관없다.

눈앞의 이자가 누구든 간에 빙공으로 그를 상대한다면 누구도 당와를 이길 수는 없었다.

천하제일의 빙공을 가진 북해빙궁주도 제압할 자신이 있는 그였다.

당와는 심호흡을 한 뒤 어깨를 폈다.

당와의 안색이 편안해지자 남궁장천이 입을 열었다.

"그럼 비무를 시작하겠소."

그 말과 동시에 연무장에 도열해 있던 이들이 일제히 뒤로 물러나 연무장을 비워 주었다.

드넓은 대연무장에 단 두 사람만이 우뚝 서 있었다.

원래라면 이렇게까지 물러날 필요는 없지만, 독과 암기의 화신인 당와의 공격에 휘말리지 않으려면 이 정도의 거리는 필요했다.

까딱하다가 암기의 범위에 들어갔다가는 순식간에 한 줌의 핏물로 화할 수도 있는 것이다.

남궁산은 긴장한 눈으로 두 사람을 바라보았다.

"사천당가주 암왕의 손은 섬전보다 빠르고, 그의 암기는 스치기만 해도 사람을 핏물로 만들어 버린다고 했어."

"누가?"

제갈휘가 심드렁하게 말했다.

"할아버님이."

"그래?"

제갈휘는 암왕 당와를 슬쩍 보고는 가볍게 웃었다.

"그렇겠지. 스친다면 말이야."

"하긴……."

남궁산은 고개를 끄덕였다.

몇 십 년 동안 천하에 이름을 떨쳐 온 고수와 이제 겨우 이름을 날리기 시작한 신진의 대결이다.

그럼에도 남궁산은 설중악, 아니, 유진천이라는 이름으로 지금 그의 앞에 서 있는 자를 조금도 걱정하지 않았다.

그가 아는 유진천이라면 당와에게는 패하지 않을 것이다.

그는 하늘을 이겨야 하는 남자니까.

"선수를 양보하지."

당와의 말에 유진천은 고개를 끄덕였다.

실리를 준다는데 마다할 유진천이 아니었다.

매검이 작게 속삭였다.

"저러다가 손 한 번 못 뻗어 보고 지는 것 아닌가?"

제갈휘가 어깨를 으쓱했다.

"설마. 그래도 상황이 상황이니만큼 적당히 손을 섞어 주다가 이기겠지."

"저놈이 그럴 융통성이 있을까?"

제갈휘의 얼굴이 심각하게 굳어졌다.

가만히 당와를 바라보던 유진천의 손이 움직였다.

앞으로 뻗어진 손에 새하얀 기운이 어렸다.

쩌저저적.

그와 동시에 유진천의 손에서 뻗어 나간 기운이 허공에 새하얀 얼음의 길을 만들어 내었다.

"헛!"

당와는 기겁하며 뒤로 물러섰다.

당와가 있던 자리에 새하얀 기운이 닿았다.

쩌저저적.

청석으로 만들어진 바닥이 조각조각 갈라졌다.

순식간에 얼어붙어 깨어진 것이다.

딱히 큰 폭음이 인다거나 하지 않았지만, 그 광경만으로도 당와는 유진천이 시전한 빙공이 얼마나 가공할 위력을 가지고 있는지 실감할 수 있었다.

청석을 얼려 깨뜨려 버릴 정도의 한기에 인간의 몸이 노출된다면 어떻게 될 것인가.

당와는 상대를 경시하던 마음을 버렸다.

"가공할 빙공이로군. 대단하오. 그러나 격중시키지 못한다면 아무런 의미가 없지."

유진천은 선선히 고개를 끄덕였다.

"동감입니다."

당와의 눈이 가늘어졌다.

유진천의 말에서 일부러 격중시키지 않았다는 기색을 읽은 것이다.

"후후."

당와의 양손이 천천히 아래로 내려갔다.

그러고는 그의 두 손이 길게 내려온 소맷자락 안으로 완전히 감추어졌다.

이제 그의 손이 다시 모습을 드러내는 순간, 연무장은 끝도 없는 암기의 세례를 받게 될 것이다.

팽팽한 긴장감이 연무장을 타고 흘렀다.

남궁장천은 그 광경을 지켜보면서 나직하게 한숨을 쉬었다.

두 무인의 비무는 너무나도 서글픈 광경이었다.

생사대적이 다가오고 있는 상황에서 서로를 향해 이를

드러내고 있었다.

목에 칼이 들어와 있는 상황에서도 서로의 입장을 양보하지 못하는 그들의 처지가 저 비무에 담겨 있었다.

'이길 수 있을까?'

이런 이들로 저 마련의 마인들을 감당할 수 있을 것인가.

남궁장천의 안색이 어두워졌다.

그럼에도 당와의 승리를 바라게 되는 것은 그도 어쩔 수 없는 중원인이기 때문일까?

남궁장천의 눈에 당와의 손이 소매에서 뽑혀지듯 튀어나오는 것이 들어왔다.

쇄애액!

바람을 가르는 소리와 함께 얇은 세침들이 유진천의 얼굴을 향해 날아들었다.

유진천이 손을 앞으로 뻗어 날아드는 세침들을 맞았다.

유진천의 손에 어린 새하얀 냉기 주위로 얼음 조각들이 생겨났다.

그리고 이내 커다란 얼음의 벽이 나타나 날아드는 세침들을 튕겨 내었다.

그와 거의 동시에 유진천의 상하좌우로 눈에 보이지도 않는 작은 세침들이 허공을 가르며 지나갔다.

만약 유진천이 지금처럼 세침을 막아 내지 않고 피하려 했다면 은밀하게 발출된 다른 세침들의 세례를 받아야 했을 것이다.

당와는 눈살을 찌푸렸다.

빙공을 저런 식으로 활용하는 이는 지금까지 단 한 번도 보지 못했다.

빙공이라고 하면 보통 냉기를 발출하여 상대의 내부를 얼려 버리는 무학을 떠올리지 않는가.

그런데 지금 유진천은 빙공을 이용하여 얼음의 벽을 만들어 내 그의 세침을 막아 내었다.

'저게 가능한 건가?'

눈으로 보고 있지만 믿지 못할 광경이었다.

대단한가 아닌가의 문제가 아니라, 뭔가 그가 알고 있던 무학의 상식에 위배되는 행위 같았다.

더구나 더욱 충격적인 것은, 겨우 얼음벽 따위로 그의 일백 년 공력이 실린 세침들을 막아 내었다는 점이었다.

얼음이 아니라 강철이라도 뚫고 들어가야 했을 그의 세침이 얼음벽 따위에 튕겨 나가다니.

당와는 놀랍다기보다는 화가 났다.

그의 자존심이 꿈틀대고 있었다.

"생각보다 대단하오."

당와는 유진천의 대답도 듣지 않고 말을 이었다.

"해서 지금부터는 나도 전력을 다하도록 하겠소. 이것은 생사를 빼앗지 않는 비무이나 양 문파의 명예가 달린 일이라 어쩔 수 없이 살수를 써야 하는 점, 이해 바라오."

지금부터는 독도 사용하겠다는 뜻이다.

유진천은 그 말에 숨은 뜻을 모를 만큼 바보가 아니었다.

"그럼."

당와의 손에 때 묻은 엽전들이 쥐어졌다.

당와는 동전 하나를 검지와 중지로 쥐더니 손을 뒤틀 듯 앞으로 튕겨 내었다.

"탓!"

그러자 튕겨 나간 엽전이 가공할 회전을 일으키며 유진천이 만들어 낸 얼음벽으로 날아들었다.

콰드드득!

엽전이 얼음벽을 뚫어 내고 유진천을 향해 날아들었다.

유진천은 가볍게 고개를 젖혀 엽전을 피해 냈다.

"으아앗! 피해라!"

유진천이 피해 낸 엽전이 비무를 지켜보던 이들에게로 날아들었다.

그들은 혼비백산 하여 좌우로 몸을 날렸다.

엽전이 바닥에 꽂히더니, 그 깊이를 알 수 없을 만큼이나 깊게 파고들어 갔다.

인간의 피육으로는 도저히 감당할 수 없는 위력이었다.

"명불허전이군."

"그러게."

제갈휘와 매검은 엽전의 위력을 눈으로 보고는 감탄했다.

과연 암왕.

명성은 헛된 것이 아니었는지, 그 위력은 말 그대로 초절했다.

"하지만 너무 정직해."

"평가가 이르군. 정직하기만 했다면 감히 암왕이라는 칭호를 얻지 못했겠지."

"그렇겠지."

그들의 눈이 다시 비무장으로 향했다.

당와의 양손이 연거푸 엽전을 튕겨 내었다.

동시에 열댓 개의 동전이 허공을 가르는 파공음을 내며 유진천에게로 날아들었다.

당와의 세침을 막아 낸 얼음벽은 너무도 무력하게 뚫려 버렸다.

종잇장으로 만든 벽이라도 이토록 무력하지는 않을 듯싶었다.

그 순간, 유진천의 양손이 느릿하게 움직였다.

날아드는 엽전에 비해서 너무도 느릿하게 움직인다 싶던 두 손이 괴이하게도 날아드는 엽전들을 하나하나 받아 내더니, 이윽고 그의 양손에 날아든 엽전들이 모두 잡혀 버렸다.

"끄응."

매검은 신음을 흘렸고 제갈휘는 혀를 찼다.

"무식한 놈."

강철이라도 뚫어 냈을 엽전들이 마치 던져 준 돈을 받는 것처럼 손쉽게 유진천의 손에 잡혔다.

이쯤 되자 되레 놀란 것은 당가 측이었다.

그들은 이 중에서 암왕의 손에서 발출된 엽전이 얼마나 가공할 위력을 가지는지 가장 잘 아는 이들이었던 것이다.

구멍이 숭숭 뚫린 얼음벽이 힘없이 무너져 내리자 한 손에 엽전을 들고 있는 유진천의 모습이 당와의 눈앞에 드러났다.

"대단하오."

당와는 순수하게 감탄했다.

"내 생전 내가 발출한 유성탄(流星彈)이 다른 이의 손에 잡히는 날이 올 줄은 몰랐소."

"별말씀을."

당와의 입가에 미소가 걸렸다.

"하지만 좋은 선택이 아니었던 것 같소."

유진천은 말없이 당와를 바라보았다.

"지금 당신이 들고 있는 엽전에는 당가의 비전인 암연추혼산(黯然追魂散)이 발리져 있소. 암연추혼산은 피부를 통해 몸 안으로 파고드는 독이오."

유진천은 말없이 엽전을 바라보았다.

"그리고 지금 당신의 주변에는 내가 미리 하독해 놓은

단장산(斷腸散)과 여래향(如來香)이 퍼져 있소. 내가 처음 유성탄을 발출할 때부터 지금까지 단 한 번이라도 호흡을 했다면 당신은 이미 중독되어 있을 것이오."

당와는 쐐기를 박듯 여유롭게 말했다.

"그리고 내가 보기로는 당신은 최소한 세 번 이상 호흡을 들이켰소. 그렇지 않소?"

유진천은 순순히 고개를 끄덕여 당와의 말을 인정했다.

그렇다면 유진천은 이미 당와가 하독한 독에 중독되었다는 말인가.

남궁산은 신음성을 내었다.

"진짜 은밀하네."

"아까 정직하다고 한 말은 취소하지."

제갈휘는 휘파람을 불었다.

"정면으로는 힘 대 힘으로 붙을 듯 시선을 끌고, 실제 독수는 그림자 속에 감춰 두었군. 무척이나 정석적인 방법이야. 시기적절하게 펼쳐지는 정석만큼 무서운 것이 없지."

"그렇지?"

매검이 고개를 저었다.

"다만, 상대가 너무 나쁘군."

"천적 급이네."

"확실히."

남궁산조차 안쓰러운 눈으로 당와를 바라보았다.

두 사람이 가지고 있는 무위의 차는 지금 이 순간에는 별 의미가 없다고 느껴질 정도였다.

유진천의 무학.

기감을 통하여 내부와 외부를 완벽하게 자신의 통제하에 두고 반응하는 무학.

"상성이 안 좋아."

암기와 독으로 상대의 시선을 빼앗고 공격하는 당와의 무학은 유진천에게 피해를 주기가 너무도 힘들었다.

안력으로 암기를 파훼하려는 이들에게는 공포의 대상일 지 모르나 애초에 눈이 아닌 몸으로 주변을 완벽하게 장악하고 있는 유진천에게 암기는 의미가 없었다.

게다가 독 역시 마찬가지였다.

독을 하독하기 위해서는 최소한의 기운이라도 필요하다.

그렇지 않으면 독 기운이 흘러가지 않기 때문이다.

그러나 유진천의 육체는 독 기운이 채 접근하기도 전에 그것을 알아차릴 것이다.

남궁산 역시 그것을 잘 알고 있었다.

그도 당와가 하독을 하는 순간, 독이 흐르는 것을 기감을 통해 느낄 수 있었기 때문이다.

자신이 느낀 것을 유진천이 느끼지 못할 리가 없었다.

그렇기에 지금 유진천이 독의 한가운데에 서 있음에도 전혀 걱정이 되지 않는 것이었다.

"항복하시는 게 어떻겠소? 해약은 준비되어 있소. 만약 지금 항복하지 않는다면 오장육부가 녹아내리게 될 것이오."

유진천은 가볍게 고개를 저었다.

"항복하지 않겠단 말이오?"

"그렇습니다."

"멍청한! 비무가 뭐라고 목숨을 버린단 말이오!"

유진천은 가만히 당와를 바라보았다.

당와는 그런 유진천을 못마땅하게 응시하다가 문득 이상한 기색을 느꼈다.

지금 그의 눈앞에 있는 자는 양손을 통해 암연추혼산에 중독되었고, 호흡을 통해 단장산과 여래향에 중독되었다.

암연추혼산은 당문십대절독(當門十代絕毒)에 드는 극독이고, 단장산과 여래향 역시 보통 사람이라면 극미량에 중독되어도 반 각을 넘기지 못하는 극독이다.

그런데 그 세 가지 독에 동시에 중독된 사람치고 유진천의 안색은 너무도 편안했다.

지금쯤 서서히 녹아내린 내장에서 독혈(毒血)이 역류해야 함에도 유진천의 입가에는 핏기를 찾아볼 수 없었고, 손끝부터 검게 물들어 가야 마땅함에도 그의 손끝은 새하얗기만 했다.

"설마……."

당와의 눈이 경악으로 물들었다.

중독된 이라면 결코 저렇게 태연할 수가 없었다.

그렇다면 지금 유진천은 중독이 되지 않았다는 것 아닌가.

"분명히 호흡을 들이켜는 것을 내 눈으로 보았다."

그리고 자신이 던진 엽전을 손으로 잡아내는 것을 똑똑히 보지 않았던가.

'만독불침이라도 된다는 말인가? 그럴 리가 없다. 그럴 수는 없어! 그건 전설일 뿐이다.'

당와는 이를 악물고 다시 한 번 은밀하게 하독을 했다.

등 뒤에서 불어오는 산들바람에 맞추어 육체를 거의 움직이지 않고 기운만으로 독을 흩어 냈다.

독 기운이 바람에 실려 유진천에게 천천히 다가갔다.

'미인루(美人淚)에까지 중독되지 않는다면 인정하지. 하나 그럴 수는 없다.'

유진천은 자신에게 독이 날아오는 것을 아는지 모르는지 말없이 당와를 응시하고만 있었다.

그때, 당와의 눈에 산들바람에 실린 미인루가 유진천의 호흡을 따라 침투하는 것이 보였다.

'끝이다.'

비무에서 목숨까지 빼앗게 된 것은 미안한 일이지만, 당와는 두 눈으로 확인해야만 했다.

이제 미인루에 중독된 이상 유진천은 반 각도 되지 않아 숨이 끊어질 것이다.

"이제 끝낼 시간입니다."

하지만 유진천은 너무도 태연하게 말을 이었다.

당와는 창백해진 안색으로 유진천을 바라보았다.

유진천의 안색은 아무런 변화가 없었다.

게다가 태연하게 말까지 했다.

미인루에 중독된 자는 혀가 굳어져 아무런 말을 할 수가 없다.

그런데도 유진천이 말을 했다는 것은 너무도 명백하게 한 가지 사실을 나타내고 있었다.

"어, 어떻게!"

당와의 목소리는 거의 비명에 가까웠다.

"내 눈으로 네가 미인루를 흡입하는 것을 보았다. 그런데 어떻게 중독되지 않을 수 있지?"

유진천은 담담히 대답했다.

"들이켜면 다시 내뱉으면 그만입니다."

당와는 멍한 눈으로 유진천을 바라보았다.

그게 대체 무슨 소린가?

다시 내뱉는다니?

그런 게 가능하다면 세상천지에 누가 독에 중독된다는 말인가.

유진천은 쓸쓸하게 당와를 바라보았다.

그는 만독불침 같은 것이 아니었다.

독을 영약으로 삼고 어떠한 독에 중독되어도 육체가 스스로 해독해 버리는 경지 같은 것은 본 적이 없었다.

하지만 유진천의 육체가 독에 중독되지 않는 것 역시 명백했다.

그의 육체는 완벽히 그의 통제하에 있으나 어떠한 의미에서는 그의 통제를 완벽히 벗어나 있었다.

그는 육체를 모두 관망할 수 있으나 육체 안에 머물고 있는 기운들은 그의 육체에 다른 어떤 것이 침입하는 것을 용납하지 않았다.

그렇기에 호흡을 타고 들어간 독 기운들은 유진천의 육체에 흡수되지 못하고 날숨을 따라 나가 버리는 것이다.

당와는 멍하니 유진천을 바라보았다.

'내가 꿈을 꾸는 것인가?'

꿈일 리가 없었다.

하지만 차라리 꿈이었으면 좋겠다 싶을 정도로 끔찍한 악몽이기도 했다.

당와는 이를 악물었다.

믿을 수 없는 상황이다.

하지만 인정해야 했다.

인정하기보다는 빨리 평정을 되찾아야 했다.

그는 지금 무학을 논하는 것이 아니라, 승부를 가리고 있었다.

그리고 그 승부에 당문의 명예와 실리가 모두 걸려 있었다.

아무리 믿기 힘든 현실을 보았다고 하나 지금은 그런 것에 집착할 때가 아니었다.

어떠한 수를 썼든 유진천에게 독이 통하지 않는다는 것을 인정해야 했다.

"무슨 수를 썼는지는 모르겠지만, 독이 내 전부가 아니오."

유진천은 고개를 끄덕이고는 앞으로 한 발 나섰다.

그러고는 바닥에 쌓여 있는 얼음덩어리들을 걷어차 당와에게 날려 보냈다.

파아아앗!

얼음덩어리들이 날카로운 파공음을 내며 당와를 향해 날아들었다.

하나하나의 얼음덩어리들에 가공할 기운이 서려 있는 것이 느껴질 정도였다.

"큭!"

당와는 발을 교차했다 펴며 몸을 허공으로 띄웠다.

아무것도 아닌 얼음덩어리들이 그에게는 큰 위협으로 다가왔다.

그는 암왕.

독과 암기로 상대를 황천의 나락으로 보내는 어둠의 왕이었다.

하지만 그의 독과 암기는 상대를 쓰러뜨리는 데는 적수가

198

없으나 이러한 공격을 방어하는 것에는 너무도 무력했다.

차라리 날카로운 검격이나 패도적인 도격이라면 신법으로 피해 낸 뒤 암기를 퍼부어 줄 수 있겠지만, 이런 불규칙적인 공격에는 딱히 방도가 없는 것이다.

유진천은 그런 당와의 약점을 너무도 정확하게 찌르고 있었다.

허공에 몸을 띄운 당와의 눈앞으로 새하얀 기운이 날아들었다.

이 기운에 격중된다면 당와는 순식간에 얼음덩어리가 되고 말 것이다.

당와는 발밑으로 엽전을 내던지고는 그 엽전을 밟아 몸을 뒤로 날렸다.

그러고는 양손을 소맷자락 안으로 집어넣어 몸을 회전시켰다.

쇄액!

당와의 소맷자락 안에서 수도 없는 암기들이 뿜어져 나왔다.

암기들은 규칙적인 듯 불규칙적으로 얽히며 마치 눈송이들처럼 하늘을 가득 메워 버렸다.

남궁산이 비명을 질렀다.

"만천화우(滿天花雨)!"

천하일절(天下一節)이라 불리는 사천당가의 만천화우가

펼쳐진 것이다.

유진천은 하늘을 가득 뒤덮은 암기의 꽃비를 바라보다가 느릿하게 걸음을 옮겼다.

스슷.

하늘에서는 하나하나 극독이 발려 있는 암기가 눈송이처럼 떨어지고 있는데 그 아래에서 마치 산보라도 나온 듯한 그의 걸음걸이에 지켜보던 이들은 모두가 이제 곧 유진천이 고슴도치 꼴이 되어 죽어 갈 것이라 믿어 의심치 않았다.

하지만 그들의 기대는 헛되이 허물어졌다.

유진천의 암기의 비를 천천히 걸어서 빠져나왔다.

그가 걸어가는 곳을 암기들이 알아서 피해 주는 것처럼 머리카락 하나 스치지 않고 걸어 나와 버린 것이다.

"아……."

남궁산조차도 그런 유진천의 모습에 할 말을 잃어버렸다.

유진천이 가공할 장력을 날려 만천화우를 모조리 날려 버렸다 해도 그는 결코 놀라지 않았을 것이다.

아니, 차라리 양손으로 날아드는 암기의 비를 모조리 잡아 냈다 해도 놀라지 않았을 것이다.

그러나 지금 유진천이 보여 준 모습에는 남궁산마저 경악할 수밖에 없었다.

만천화우.

수백 년간 천하에 이름을 떨쳐 온 당가의 비전 절학.

무인이라 해도 일평생 단 한 번 견식하기도 어렵다는 당가 최후의 절학이 펼쳐졌다.

그런데 유진천은 그 암기의 비 사이의 결을 따라 단 하나의 암기도 스치지 않고 만천화우를 빠져나와 버린 것이다.

유진천은 만천화우를 빠져나가 천천히 걸어 당와에게 다가갔다.

당와는 그새 몇 년은 늙어 버린 듯한 얼굴로 멍하니 유진천을 바라보았다.

"······어떻게 한 거지?"

유진천은 어깨를 으쓱했다.

"피했을 뿐."

"피했다고?"

유진천의 고개가 천천히 끄덕여졌다.

"허허허허."

당와는 웃어 버렸다.

무슨 말을 하겠는가.

어떻게 피했나?

어떻게 그럴 수 있나?

어디로 피하면 되는가?

대체 지금 이 상황에서 당와가 유진천에게 무슨 말을 할 수 있다는 말인가.

당와는 필사적으로 머리를 굴린 끝에 자신이 해야 할 질문을 찾아낼 수 있었다.

"자네는 누군가?"

당와의 질문에 제갈휘는 얼굴을 감쌌다.

"망했다."

모든 것이 예상대로 흘러갔다.

비무를 끌어냈고, 비무를 통해 이득을 볼 계획마저 완벽하게 이루어졌다.

설사 그들이 유진천이 빙궁의 인물이 아니라고 생각한다 해도 마련이 다가오고 있는 상황에서 유진천의 정체를 캐묻지는 못할 것이라 생각했다.

그런데 유진천이 정도를 넘어 버렸다.

"빌어먹을. 적당히 상대해 주면서 이기라니까."

사실 유진천이 전력을 다했다거나 한 건 아니었다.

전력을 다했다면 승부는 시작하자마자 끝났을 테니까.

하지만 유진천의 적당히가 도를 넘었다.

만천화우를 걸어서 피하는 모습을 보여 줘 버렸는데 빙궁의 총사라는 자리로 눈가림을 할 수 있을 리 없었다.

제갈휘는 이를 갈고는 유진천을 바라보았다.

이제는 유진천이 적당히 잘 대처해 주기를 바랄 수밖에 없었다.

유진천이 대답했다.

"설중악입니다."

"빙궁의 총사라는 건가?"

"예."

당와는 피식 웃더니 유진천을 노려보았다.

"그렇군. 빙궁의 총관이 빙궁주보다 적어도 다섯 배 이상은 강하겠군. 빙궁의 주인은 궁주가 아니라 총관이란 말이지?"

"……."

"지금 나를 놀리는 건가?"

유진천은 가만히 당와를 바라보았다.

당와는 유진천의 시선을 받다가 입을 열었다.

"비무의 결과는 나왔다. 나는 패했다. 그것도 완전무결하게. 하지만 나는 알아야겠다. 지금 내 눈앞에 있는 자의 정체가 대체 무엇인지 나는 알아야겠어!"

당와의 말은 속삭임으로 시작해 노성으로 끝났다.

유진천은 가만히 당와를 바라보다가 두건을 젖혀 얼굴을 드러냈다.

그리고 입기에 붙인 가짜 수염을 뜯어냈다.

얼굴을 훔쳐 어설프게 되어 있던 역용을 훑어 냈다.

그러자 유진천의 본얼굴이 드러났다.

"너!"

남궁세가에서 큰 목소리가 터져 나왔다.

남궁강.

그가 유진천의 얼굴을 알아본 것이다.

유진천은 당와를 향해 가볍게 고개를 숙였다.

"유진천입니다."

당와는 입을 벌리고 경악했다.

"오, 오괴?"

매검이 휘파람을 불었다.

"끝장났네?"

제갈휘는 얼굴을 감싸 쥐었다.

"빌어먹을 놈. 내 완벽한 계획이!"

남궁산의 턱이 덜덜 떨렸다.

"어, 어떻게 하지? 할아버님이 내가 여기에 있다는 것을 알았을까? 응?"

제갈휘는 남궁산의 엉덩이를 걷어찼다.

"지금 그게 중요하냐, 이 빌어먹을 놈아!"

72장
대적(對敵)

그들이 그러거나 말거나 대화는 이어졌다.

"오괴란 말인가?"

"예."

"강호공적인 오괴의 유진천?"

"그렇습니다."

당와는 기겁하여 소리쳤다.

"뭣들 하느냐! 당장······."

하지만 그의 말은 끝까지 이어지지 못했다.

그의 머릿속에 지금 그가 처한 처지가 떠오른 것이다.

마련이 다가오고 있었다.

그런데 지금 유진천을 비롯한 오괴에다가 빙궁과 싸운다?

'멸문이다.'

그 순간, 사천당가라는 이름은 강호의 역사에서 지워질 것이다.

당와는 다급한 얼굴로 남궁장천을 돌아보았다.

남궁장천 역시 무거운 얼굴로 당와를 응시하고 있었다.

어찌해야 하는가.

남궁장천은 당와와 유진천에게로 다가갔다.

이 상황을 해결하는 것은 아무래도 그의 몫인 듯했다.

남궁장천은 유진천의 앞에 서서 입을 열었다.

"유진천이라고 했나?"

"예."

"반갑네. 나는 남궁장천이라고 하네."

"말씀을 낮추십시오. 저는 남궁산의 벗입니다."

"산이 말인가?"

"예."

"지금 이곳에 와 있는가?"

유진천은 고개를 돌려 남궁산을 바라보았다.

남궁장천 역시 유진천의 시선을 따라 고개를 돌렸다.

두건을 푹 눌러쓴 빙궁도 하나가 움찔하더니, 몸을 바들바들 떨었다.

"쯧쯧쯧."

남궁장천은 혀를 차더니 다시 고개를 돌려 유진천을 바

라보았다.

"미욱한 손자 놈을 벗이라 칭해 주니 고맙네."

"제가 많은 것을 받고 있는 입장입니다."

"그래, 그렇다면 다행이지."

유진천의 말에 남궁장천은 반색하더니 말을 이었다.

"그래, 이제 어쩔 셈인가?"

"무슨 말씀이신지?"

"무슨 배짱으로 강호공적의 몸으로 이곳에 떡하니 나타 나서 정체를 드러냈는가 말일세."

유진천은 고개를 들어 남궁장천을 바라보았다.

남궁장천의 말에는 많은 것이 담겨 있었다.

"자네는 강호공적일세. 나는 강호에 몸을 담고 있는 자이며, 또한 정천맹의 일원으로서 자네를 처단할 수밖에 없네."

유진천은 고민하는 듯하다가 고개를 돌려 한 사람을 바라보았다.

유진천과 시선이 마주친 사람이 바닥에 침을 퉤, 뱉더니 앞으로 걸어 나왔다.

"자네는 누군가?"

"천하에 명성이 자자하신 남궁장천 전대 가주를 뵙게 되어 영광입니다. 저는 제갈 모라 합니다."

"제갈이라…… 자네가 그 제갈가의 골칫덩어리인 제갈

휘인 모양이로군."

"골칫덩어리라기보다는 홍복으로 불렸습죠."

"꽤나 넉살이 좋은 친구로군."

제갈휘는 웃음으로 남궁장천의 말을 흘렸다.

"저희가 비록 강호공적의 몸이라고는 하나 딱히 강호에 큰 죄를 지은 것은 아닙니다."

"마련에 주구를 감싼 것이 죄가 아니란 말인가?"

"누가 마련의 주구란 말입니까?"

"그야⋯⋯."

남궁장천은 눈살을 찌푸렸다.

마련의 주구는 위지화영이어야 했다.

하지만 아는 사람은 다 알 듯이 마련의 주구는 그녀의 아버지이지 위지화영이 아니었다.

위지화영을 감싼 것이 위지군악을 감싼 것과 같은 죄가 될 수 있을 리 없었다.

"저희가 지은 죄는 강호공적으로 몰려야 할 정도로 큰 죄가 아닙니다. 이건 전적으로 작고하신 맹주 대리의 전횡이라고 할 수 있는 일입니다."

"⋯⋯자네 아버지 아닌가?"

"뭐, 혈연적으로 그렇게 불리긴 합니다만."

제갈휘는 어깨를 으쓱했다.

"여하튼 맹주 대리의 전횡으로 벌어진 일입니다. 막말로,

대량으로 학살을 한 마두나 음적들에게 내려지는 강호공적의 굴레를 저희에게 씌웠다는 것은 형평성에 어긋나는 것입니다. 상황이 급박하여 따지고 들지는 못했으나 이건 확실히 문제가 있는 부분이지요."

남궁장천은 고개를 끄덕였다.

제갈휘의 말이 맞았다.

하지만 그 말이 맞다고 해서 달라지는 건 없었다.

"그건 자네들이 항변하여 풀어야 할 문제일세. 확실한 것은 자네들은 지금 강호공적의 신분이고, 우리는 정천맹의 녹을 먹는 입장으로 자네들을 잡아야 한다는 것이지."

제갈휘는 슬쩍 남궁산을 돌아보았다.

저 융통성 없는 놈의 성격이 어디서 비롯되었는지 비로소 그 근원을 찾은 느낌이었다.

"그건 그렇습니다. 다만, 예로부터 전쟁이 일어나면 죄인들 역시 칼을 들고 전장에서 나라를 위해 싸우기 마련입니다. 저희가 비록 강호공적의 신분이기는 하나 도탄에 빠진 강호를 그냥 지켜보고 있을 수는 없는 노릇 아니겠습니까? 어떻습니까? 시시비비는 나중에 가리고 우선은 다가오는 악적들을 먼저 힘을 합쳐 물리치는 것이?"

남궁장천은 제갈휘의 말에 고민하는 듯하다가 입을 열었다.

"상식적으로 생각한다면 자네의 말이 옳네."

"역시 그렇죠."

"하지만 세상은 상식으로만 흘러가는 것이 아니지."

"예?"

"명분이라는 것도 중요한 것이네. 강호를 지키겠다고 일어선 우리가 강호공적과 손을 잡고 함께 싸운다는 게 말이나 되는 소리인가?"

"부당한 처사 때문에 얻게 된 불명예입니다."

"그건 나중에 밝혀질 일이지, 지금 이곳에서 논할 일은 아닐세."

"그럼 어떻게 하시겠다는 겁니까?"

제갈휘의 말이 날카로워졌다.

아니, 날카로워졌다기보다는 조급해졌다는 것이 맞을 것이다.

사실 지금 제갈휘는 불안해하고 있었다.

만약 남궁장천이 그의 생각처럼 이성적이지 못하다면 그들은 오늘 이곳에서 뼈를 묻을 수도 있었다.

남궁과 당가가 아닌, 다가오고 있는 마련의 주구들을 당해 내지 못하게 될 것이다.

제갈휘가 미소 속에 피 말리는 내심을 감춘 그 순간, 남궁장천의 입이 열렸다.

"아무래도 자네들을 이대로 둘 수는 없을 것 같네."

제갈휘는 눈앞이 캄캄해지는 것 같았다.

"이대로 두지 않는다면 어찌하시겠다는 겁니까?"

"확실히 자네의 말 역시 일리가 있네. 자네들에게 내려진 강호공적의 처분은 과한 감이 있지. 이건 정천맹의 호법 신분으로 내가 맹주에게 건의를 해 재고를 요하도록 하겠네."

"맹주가 죽었는데요?"

"다음 맹주가 선출될 테니 걱정 말게. 그리고 아직 자네 부친께서 돌아가셨다고 확인된 것은 아니네."

제갈휘는 쓴웃음을 머금었다.

마련이 쳐들어와 행방불명된 사람이 무슨 수로 살아 있다는 말인가.

"그리고 지금 자네들의 처분 말인데……"

남궁장천은 고개를 돌려 슬쩍 남궁산을 바라보고는 말을 이었다.

"우선은 자네들을 구금하기로 하겠네. 그 이후에 강호공적의 직위를 해제하는 것을 건의하지."

"구금?"

제갈휘는 어이없다는 듯이 헛바람을 내쉬었다.

"구금이라고 하셨습니까? 마련이 쳐들어오고 있는데 구금을 한다구요?"

"뭐가 잘못됐나?"

"잘못됐죠. 한참 잘못됐죠."

제갈휘는 황당하다는 목소리로 말했다.

"저희를 구금해 놓고 마련을 막겠다구요? 당가와 남궁세가만으로 그게 가능할 것 같습니까?"

"빙궁이 도와줄 테니 가능하다."

제갈휘는 코웃음을 쳤다.

"빙궁? 그럼 위지세가는 어쩔 겁니까?"

남궁장천이 눈살을 찌푸렸다.

"위지세가도 함께 있나?"

"당연한 말씀을."

"어쩐지, 빙궁에서 병력을 대규모로 보낸다 싶더니."

남궁장천은 빙궁도라고 생각했던 이들을 돌아보았다.

이들 중 절반 이상이 위제세가의 인물들일 것이다.

그렇다면 빙궁의 실질적인 전력은 그들이 생각했던 것의 반도 안 된다고 봐야 했다.

'곤란하군.'

확실히 여기서 오괴와 위지세가마저 빠져 버린다면 병력의 공백이 너무 컸다.

마련을 막아 내지 못한다면 강호공적이고 나발이고 아무 소용도 없는 것이다.

"흠, 그렇다고 해도 어쩔 수 없다. 일단은 위지세가와 오괴 모두 구금한다."

"……"

제갈휘는 질렸다는 눈으로 남궁장천을 바라보았다.

'이건 남궁산보다 더하군.'

차라리 남궁산이 융통성이 철철 넘친다고 느껴질 정도였다.

남궁강도 융통성이 없었지만, 남궁장천에 비하면 아무것도 아니었다.

"저희가 거부한다면요?"

제갈휘는 최후의 수를 꺼냈다.

"그럼 싸워야겠지."

남궁장천의 말이 연무장에 팽팽한 긴장감을 불러왔다.

그 말이 얼마나 엄청난 의미를 가지는지 모를 이들이 아니었다.

까딱하다가는 바로 이 자리에서 수십이 죽어 나가는 일이 터질 수도 있는 것이다.

제갈휘가 슬쩍 뒤를 돌아보았다.

매검은 이미 검집에 든 검의 손잡이를 꼬나 쥔 채 히죽히죽 웃고 있었고, 위지화영은 안절부절못하고 있었다.

의외인 것은 조금 전까지만 해도 영 상태가 좋지 못했던 남궁산이 평온을 되찾았다는 깃이다.

남궁산은 평온한 기색으로 제갈휘와 눈을 마주쳤다.

'괜찮겠어?'

'물론.'

눈으로 의견을 교환한 그들이었다.

제갈휘는 남궁산의 반응에 어깨가 무거워지는 것을 느꼈다.

어떠한 결정을 내리더라도 제갈휘의 말을 믿고 지지하겠다는 그의 속뜻이 전해져 왔다.

'조부와 싸워야 할지도 모르는데.'

그럼에도 흔들리지 않는 남궁산이었다.

'진짜 많이 컸군.'

제갈휘는 미소를 짓고 다시 남궁상천을 바라보았다.

"그럼 한판 붙읍시다."

순간, 연무장이 쥐 죽은 듯 조용해졌다.

"……무슨 뜻인가?"

"아, 우리는 죄도 없이 구금 같은 거 당할 이유 없으니까, 그냥 한판 뜨자구요. 순순히 돌아가게 해 줄 리는 없을 것 아닙니까?"

"마련이 다가오고 있는데 우리끼리 피를 흘리자는 말인가?"

제갈휘는 바닥에 침을 타악, 뱉고는 건들대며 말했다.

"아니, 내가 그 말 할 때는 콧방귀를 뀌시더니 이제 와서 무슨 소리래요? 난 그런 거 모르니까 한판 뜹시다. 남궁세가고 사천당가고 뭐고 다 뒤집어엎어 버리고 갈 테니까."

"이놈!"

그때, 위지화영이 앞으로 나섰다.

아니, 나서려 했다.

그런 위지화영의 팔을 남궁산이 움켜잡았다.

위지화영은 놀란 눈으로 남궁산을 바라보았다.

"무슨 말씀을 하려고 그러시는 겁니까?"

"저는……."

"위지 소저는 죄인이 아닙니다. 우리 역시 죄인이 아닙니다. 죄인이 아닌 이가 나서서 사정을 보아 달라고 고개 숙일 필요는 없습니다."

"하지만……."

"위지 소저가 그렇게 행동한다면 위지 소저를 믿고 움직이는 우리 모두를 모욕하는 것이나 마찬가지입니다. 우린 죽는다 해도 상관없습니다. 하지만 죽더라도 개죽음을 당하고 싶지는 않습니다. 위지 소저가 저들에게 고개를 숙이는 순간, 우리가 지금까지 해 온 모든 것이 헛된 것이 되어 버립니다."

그 말에 매검이 웃으며 남궁산의 어깨에 손을 올렸다.

"이야, 남궁산. 말도 잘하는데?"

남궁산은 겸연쩍은 웃음으로 매검의 장난을 받아 넘겼다.

"맞는 말이지. 솔직히 난 위지화영 때문에 목숨까지 걸고 싶지는 않지만, 여기서 우리가 사정을 봐 달라고 굽실대 버리면 병신 되는 거지. 뒈지는 건 괜찮은데, 병신 되기는 싫단 말이지.”

매검은 히죽히죽 웃었다.

제갈휘의 귀에 그들의 대화가 똑똑히 들렸다.

들으라고 한 말.

제갈휘는 한숨을 쉬었다.

‘멍청한 놈들.’

그렇지만 이럴 때마다 더없이 의지가 되는 놈들이기도
했다.

“저희는 죽더라도 굴복하지는 않을 겁니다.”

제갈휘가 쐐기를 박았다.

이렇게 되자 난처해진 것은 남궁장천과 당와였다.

적당히 타협을 하자고 꺼낸 말이었다.

수뇌부와 위지세가만 구금당해 준다면 빙궁의 전력을 흡
수하여 마련과 싸워 볼 수 있다.

하지만 여기서 이들과 소모전을 한다면 마련의 공격을
절대 막아 낼 수 없을 것이다.

당와와 남궁장천이 시선을 교환했다.

싸우는 것만큼은 막아야 했다.

그렇지만 문제는, 이제 와서 다시 이들의 말을 받아들이
기에는 모양새가 영 좋지 못하다는 것이었다.

남궁과 당가가 이들 앞에 굴복하는 형세가 되어 버리지
않겠는가.

그것만은 막아야 했다.

"허허."

남궁장천은 허탈하게 웃고는 말했다.

"그쪽에서 물러서지 않는다면, 우리 역시 물러설 수 없네."

"뭐, 그럼 말 끝났죠."

제갈휘가 슬쩍 고개를 돌렸다.

스르르릉.

매검의 검이 뽑혀 나오는 소리가 쥐 죽은 듯 조용한 연무장에 커다랗게 울려 퍼졌다.

이처럼 분위기를 싸늘하게 만드는 소리도 또 없을 것이다.

남궁장천은 다급해졌다.

막아야 한다.

하지만 막을 수가 없었다.

상황이 이렇게 꼬여 버렸는데 어떻게 막는다는 말인가.

그의 자존심은 버릴 수 있지만, 남궁의 자존심을 버릴 수 없었다.

그때, 남궁장천의 눈에 한 사람이 들어왔다.

"산이, 이놈!"

남궁산이 고개를 들어 남궁장천을 바라보았다.

"너도 검을 뽑아 이 할애비에게 겨눌 생각이냐?"

모두의 시선이 남궁산에게로 향했다.

남궁산은 가볍게 한숨을 내쉬고는 등 뒤에 메어진 검집에서 검을 뽑아 들었다.

스르르릉.

그러고는 정확하게 남궁장천을 겨누었다.

남궁장천은 할 말을 잃고 그 광경을 바라보았다.

"할아버님께 배운 것은, 어떠한 상황에서도 뜻을 꺾지 마라! 불의라 생각되는 것과 타협하지 마라! 스스로의 의지가 임한 것에 최선을 다하라! 입니다."

"……."

"그리고 저는 지금 그 말을 지키고 있습니다. 위지 소저를 지키는 것이 정의이고, 그 뜻을 함께하는 친우들을 지키는 것이 정의이고, 그것이 제 의지가 임한 것입니다."

남궁산은 남궁장천을 똑바로 바라보며 말했다.

"할아버님께 배운 것을 뼈에 새기고 살아왔습니다. 그러니 저는 제 의지를 지키겠습니다. 그게 설령 하늘같은 할아버님께 검을 겨누는 패륜이 될지라도 저는 흔들리지 않겠습니다."

남궁장천은 눈을 질끈 감았다.

당황하거나 화가 나서가 아니었다.

울보였던 어린 손자가 어느새 저렇게 늠름하게 자랐다.

나약해서 걱정만 들던 아이가 어느새 남궁을 이끌어 갈

용이 되어 그의 앞에서 울부짖고 있는 것이다.

'과연 내 손자다.'

할아버지는 감동했지만, 친구들은 아닌 모양이었다.

"역시 패검곤(悖劍鯤)."

"진짜 쓰레기다."

"패륜아."

남궁산은 마지막 위지화영이 내뱉은 패륜아라는 말에 상처를 받은 듯 휘청였지만, 이내 몸을 다시 세웠다.

하지만 알게 모르게 안색이 파리해져 있었다.

남궁장천은 그 모습을 보고 웃고 싶었지만, 웃을 수가 없었다.

손자와의 해우를 기뻐하기에는 상황이 좋지 않았다.

'그래야지.'

칭찬해 주고 싶지만 칭찬할 수 없는, 기묘한 상황이었다.

"그렇다면 정말 정천맹의 이름 앞에 대항하여 싸우겠다는 건가?"

제갈휘는 대답하지 않았다.

대답은 되레 매검 쪽에서 나왔다.

"야, 남궁산."

"응?"

"이 기회에 마련에 붙어 보는 건 어때?"

"그게 가능해?"

"뭐, 우리가 마련이랑 철천지원수도 아니고, 정천맹에서도 못 잡아먹어서 안달인데 별수 있나. 살아남으려면 그쪽에 붙어야지."

"난 마인들 싫은데."

"니가 싫은 사람보다 너를 싫어하는 사람이 더 짜증나지 않나?"

"……그건 그래."

매검의 말에 고개를 끄덕이는 남궁산을 보며 남궁장천은 속이 뒤집어졌다.

분위기가 이상해지는 것을 본 당와가 슬그머니 상황을 중재했다.

"사천당가의 이름으로 그대들의 죄를 벗겨 줄 것이라 약속하겠네. 그러니 지금은 우선 검을 내려놓게."

"그리고 옥으로 들어가라구요?"

"상황이 잘 해결되면 죄를 벗겨 준다고 하지 않는가."

"상황이 잘못되면?"

"음……."

"마련에게 당가가 박살이 나 버리면 우린 옥에 갇혀 있다가 죽겠네요? 칼질도 못해 보고 죽겠죠. 설령 그게 잘 해결된다고 해도 신임 맹주가 못 풀어 준다고 하면 우린 또 죽겠죠. 잘 해결되면 평생 지하 감옥에 갇혀서 지나가는 서생원이나 잡아먹으려고 눈이 뻘게져서 살아야 할 텐데."

위지화영이 진저리가 쳐진다는 듯 몸을 부르르 떨었다.

"아무리 생각해 봐도 그 말을 들어서 우리가 이득 볼 것이 없는데요?"

"그럼 어쩌자는 것인가? 마련을 앞에 두고 미련하게 우리끼리 싸우자는 건가?"

"그러니 같이 싸우게 해 달라니까요."

"그렇게 되면 나중에 우리에게 문제가 생길 수 있네."

제갈휘는 남궁장천과 당와를 가만히 보다가 입을 열었다.

그의 목소리는 지금까지와는 전혀 다르게 싸늘하기 그지없었다.

"매검."

"어."

"준비해."

"알았다."

"위지 소저."

"예."

"위지세가를 이끌어 주세요. 한바탕해야겠습니다."

"예…… 제갈 소협."

제갈휘는 남궁산과 유진천을 한 번씩 바라본 뒤 입을 열었다.

"나중에 생길 문제? 웃기고 있군. 지금 당장 마련이 쳐들어오고 있는데 나중에 생길 문제?"

당와는 꿀 먹은 벙어리가 되었는지 아무 말을 하지 못했다.

"당신들 입장에서는 남아 있을지도 모를 가문의 명예가 중요한지 모르겠지만, 내 입장에서는 그딴 건 아무런 가치가 없어. 가랑이 사이를 지나가든 바닥에 대가리를 처박든 일단 목 앞에 드리워져 있는 칼부터 걷어내는 게 우선이라고."

"……."

"솔직히 말해서 당신들이 우리 없이 마련을 막아 낼 수 있을 것 같아? 겨우 이따위 전력으로?"

"감히!"

"그렇게 생각하면 알아서 잘해 봐. 우린 간다. 막을 테면 막아 봐. 기억해, 당가주. 당신은 지금 당신의 손으로 사천당문을 멸문시켰어. 사천당문이 사라진다면 누구도 당신을 기억하지 않을 것이고, 운 좋게 명맥이라도 잇는다면 당신은 당가를 무너뜨린 최악의 가주로 역사에 남을 거야."

당와의 얼굴이 시뻘게졌다.

당장에라도 이 오만방자한 놈을 때려눕히고 싶었다.

하지만 상황이 상황인지라 화를 낼 수도 없었다.

"자, 결정해. 우릴 그냥 놓아줄 것인지, 아니면 우리 앞을 막아설 것인지."

당와와 남궁장천은 필사적으로 머리를 굴렸다.

이들을 보내 줄 경우에는 전력을 보존할 수 있겠지만, 남아 있는 전력만으로는 답이 나오지 않았다.

마련을 막을 수 없을 것이다.

하지만 그렇다고 이들과 싸운다면 더 큰 피해를 볼 수도 있었다.

최상의 수는 이들을 구금한 채 전력으로 필요한 경우 써먹는 것이지만, 이미 그건 물 건너갔다.

당와는 어쩌다가 상황이 여기까지 왔는지 알 수가 없었다.

그저 원망 섞인 눈으로 남궁장천을 슬쩍 바라보았을 뿐이다.

하지만 그가 나섰다 해서 딱히 다른 방법이 있는 것이 아니었기에 원망하기도 어려웠다.

'빌어먹을 정천맹.'

애초에 정천맹이 이들을 강호공적으로 지정하지 않았으면 이런 쓸데없는 짓거리를 할 필요도 없었을 것이다.

그렇다고 이들을 그냥 보내면 마련의 발호가 끝났을 시 그들은 다른 문파들의 좋은 먹잇감이 될 가능성이 높았다.

승냥이 같은 이들은 이 기회에 남궁세가와 사천당가의 위세를 꺾어 버리기 위해서 온갖 수작을 부리고 모함을 해댈 것이다.

"우리는……."

"다른 말은 됐습니다. 놓아줄 겁니까, 아니면 싸울 겁니까?"

그의 말을 자르고 들어오는 제갈휘의 말에 당와는 인상을 썼다.

어느 쪽도 대답할 수 없는 그의 입장에서는 이보다 더 짜증나는 말이 없었다.

당와가 대답하지 못하고 망설이고 제갈휘가 압박하는 상황.

그때, 지금까지 가만히 상황을 지켜보던 유진천이 입을 열었다.

"그만."

제갈휘의 고개가 유진천에게로 향했다.

무표정한 유진천의 얼굴에는 아무런 기색도 떠올라 있지 않았다.

"구금은 어떤 식으로 하게 됩니까?"

"야, 유진천!"

제갈휘가 고함을 질렀다.

하지만 유진천은 제갈휘를 무시했고, 남궁장천은 다급하게 입을 열었다.

"말은 구금이나, 자네들처럼 죄가 있다고 확신할 수 없는 이들을 옥에 가둔다는 것은 말이 되지 않네. 뭐라고 할까, 그저 그냥 방에만 있어 주면……."

당와가 남궁장천을 거들었다.

"가택 연금."

"그래, 가택 연금! 점혈을 하지 않겠네. 무기 소지 역시 허용하네. 하나 방에서만 벗어나지 않으면 되네."

유진천은 고개를 끄덕였다.

"알겠습니다."

"젠장."

제갈휘가 불만 어린 얼굴로 욕지기를 내뱉었지만, 유진 천이 이미 결정해 버린 이상 끝난 이야기였다.

"빙궁은 관련이 없습니다."

"알겠네."

"위지세가 역시 동등한 대우를 받길 바랍니다."

"음……."

남궁장천은 망설였지만, 지금은 선택의 여지가 없었다.

유진천이 굽혀 줌으로써 명분이 생긴 상황이다.

그렇다면 자신들도 하나는 포기해야 했다.

저쪽에서 한 번 굽혔는데 원칙을 고수하다가는 모든 것 을 다 잃을 수도 있었다.

"알겠네. 그건 내 재량으로 허락하도록 하지."

"하지만 선배."

"아닐세. 모든 책임은 내가 지겠네. 그러도록 해 주게."

"알겠습니다."

당와는 조금 찝찝한 얼굴이었지만, 이내 수긍했다.

그렇게 서로에게 뒷맛을 남긴 채로 오괴와 사천당가의 공존이 이루어졌다.

가택 연금을 위해 방으로 향하는 길에 제갈휘가 유진천을 향해 슬그머니 걸어왔다.

"너, 인마."

"음?"

"너무 늦게 나섰잖아. 간이 조마조마해서 죽는 줄 알았다."

"딱 좋은 시기라고 생각했는데?"

"더 빨랐어야 했어. 내가 못 참아서 남궁장천 대협께 살려 달라고 빌 뻔했다."

유진천은 웃어 버렸다.

처음부터 그들은 당가나 남궁세가와 싸울 생각이 없었다.

그들과 척을 질 생각도 없었다.

마련과 대적해야 하는 현 상황에서 그건 최악의 수이자 가장 미련한 수였다.

처음부터 상황이 좋지 않게 흘러갈 경우에 이런 식으로 대처하기로 말이 맞춰져 있던 것이다.

물론 그 사실을 아는 것은 제갈휘와 유진천뿐이었다.

매검이나 남궁산에게 그런 천연덕스러운 연기를 바라는 것은 무리였으니까.

"여하튼 잘 해결됐군. 이걸로 얻을 수 있는 이득은 모두 얻었어."

제갈휘는 씨익 미소를 지었다.

지휘권 같은 것은 바라지도 않았다.

어차피 이곳은 당가타.

수많은 기관이 설치되어 있는 요새 중의 요새였다.

기관을 가장 잘 이해하고 있는 당가의 인물이 기관을 활용해야 최적의 효율을 끌어낼 수 있었다.

그들이 원한 것은 우선 전투에 참전할 명분.

그리고 그들이 중원에 들어가는 것을 정천맹에 알리고 악의가 없다는 것을 알리는 것.

이것으로 그들이 중원에 향함으로써 정천맹에 벌어질 혼란은 막았다.

제갈휘가 입꼬리를 말아 올렸다.

"마공자 놈에게 한 방 먹인 거면 좋겠는데."

유진천은 묵묵히 고개를 끄덕였다.

하지만 유진천의 가슴속에는 아직 한 가지 의혹이 남아 있었다.

'하후상은 정말 우리가 중원으로 향하면서 벌어질 혼란을 유도한 걸까?'

상식적으로는 그게 맞을 것이다.

하지만 유진천의 예감은 그게 아니라고 말하고 있었다.

하후상이 그들은 내버려 둔 것은 그런 이유가 아닐 거라고 그의 육감이 말하고 있었다.

'그럼 대체 왜일까?'

유진천의 가슴이 무거워졌다.

마공자 하후상.

마제 하후패.

그들을 떠올리는 것만으로도 유진천은 숨이 막힐 것 같은 압박감을 느껴야 했다.

하지만 싸워야 한다.

그들을 이겨 내지 못한다면 미래는 없었다.

중원에도, 유진천에게도 말이다.

❖　　　❖　　　❖

"그래서 지금 어디에 있다고?"

봉연은 마공자의 질문에 한숨을 쉬었다.

장난스러운 사람.

요악스러운 사람.

천하의 모든 것을 손안에 쥔 듯 들여다보고 있으면서도 언제나 자신은 몰랐다는 듯 확인하기를 원하는 사람.

그가 바로 마공자 하후상이었다.

"사천당가에 도착했다고 합니다."

"그래?"

마공자는 찻잔을 천천히 내려놓았다.

봉연은 그의 얼굴에 어린 기색이 실망이라는 것을 알 수 있었다.

다른 사람이라면 결코 알 수 없겠지만, 평생을 마공자와 함께한 봉연은 그의 얼굴에 어린 미묘한 감정의 편린을 통해 지금 마공자가 무척 불편한 심기라는 것을 미루어 짐작할 수 있던 것이다.

"뭔가 잘못되었습니까?"

마공자는 고개를 저었다.

"아니다. 무척 잘되었지. 모든 게 예상대로 흘러갔으니까."

"그럼 왜 실망하시는 것입니까?"

마공자는 손을 들어 머리를 긁었다.

봉연은 마공자의 대답을 가만히 기다렸다.

그가 대답하려 한다면 대답을 해 줄 것이고, 대답하지 않으려 한다면 무슨 말을 한다 해도 그의 대답을 들을 수 없을 것이다.

그러니 봉연은 그저 기다릴 수밖에 없었다.

"너무 빤하지 않느냐."

"예?"

"대충 그렇게 움직일 것이라 생각하고 계획을 짰건만,

그렇다고 정말 그렇게 움직여 버리니 맥이 탁 풀리는구나."

"천하의 누가 마공자의 예상에서 벗어날 수 있겠습니까?"

봉연의 공치사에도 마공자는 여전히 씁쓸한 얼굴이었다.

"그렇지, 그렇겠지. 네 말이 맞다. 그렇지만 말이다……."

마공자 하후상의 입가에 미소가 걸렸다.

"천하에 둘이 있다."

"무슨 말씀이신지?"

"내 예상에서 벗어나는 인물이 천하에 둘이 있다. 하나는 내 예상을 정말 벗어나는 인물이고, 다른 하나는 내 예상을 벗어나 줘야만 하는 인물이지."

봉연은 마공자가 언급한 두 사람 중 하나가 누구인지는 확신할 수 있었다.

마제 하후패.

그는 확실히 마공자 하후상의 예상을 벗어나 있는 인물이다.

그가 어떻게 움직일지, 언제 움직일지, 대체 어떤 식으로 움직일지 누구도 알 수 없었다.

그런데 예상을 벗어나 줘야 하는 인물이란 건 대체 누군가.

'유진천?'

봉연은 의문과 불만이 잔뜩 어린 눈으로 하후상을 바라

보았다.

도무지 이해할 수가 없었다.

유진천은 확실히 대단한 인물이었다.

만약 이 시대에 태어나지 않았다면 영웅 중의 영웅이 되거나 효웅 중의 효웅이 되었을 것이다.

어느 시대에 태어나더라도 능히 천하제일을 다툴 만한 인물이었다.

하지만 지금은 아니다.

이 시대에는 천하제일이 아니라 고금제일을 다투는 인물이 둘이나 있었다.

하나는 마제 하후패요, 다른 하나는 하후패의 아성에 도전하고 있는 하후상이었다.

그 둘의 시대에 있어 유진천은 그저 시대를 잘못 만나서 잊혀져야 할 흔한 무인 중의 하나에 불과했다.

지금까지 봉연이 지켜봐 온 유진천은 결코 그 이상이 될 수 있는 인물이 아니었다.

하지만 마공자는 그런 유진천을 과하게 높게 평가하고 있었다.

언제나 유진천의 행보에 촉각을 곤두세우고 그가 어떻게 움직이는지 세세히 분석했다.

그리고 그의 행적을 보고받을 때마다 봉연이 이해할 수 없을 정도로 그를 높이 평가했다.

바로 지금처럼 말이다.

"저는 모르겠습니다."

"뭐가 말이냐?"

"유진천이라는 인물이 마공자께서 그렇게까지 신경을 쓰셔야 할 인물인지 알 수가 없습니다. 그는 그저 조금 재능이 있는 흔한 무인일 뿐입니다. 마공자 앞에서 그는 대적할 가치도 없는 자이온데 왜 그리 그를 높이 평가하시는 겁니까?"

하후상은 대답하지 않고 묵묵히 찻잔을 들어 올렸다.

그리고 입가로 가져가 차를 한 모금 머금고는 눈을 감아 다향을 음미했다.

"흠……."

찻잔을 내려놓은 마공자는 빙그레 웃으면서 봉연을 바라보았다.

"이해하기 힘들더냐?"

봉연은 조금 망설이다가 말을 이었다.

"물론 유진천은 훌륭한 무인입니다. 하지만 그뿐입니다. 그는 제왕이 될 수 있는 자질이 없는 자입니다. 그저 시대와 운명에 흔들리다 사그라질 작은 인물에 불과합니다."

하후상은 고개를 끄덕였다.

"그래, 그렇지. 거대한 운명 앞에 누가 저항할 수 있겠느냐?"

하후상의 말은 어쩐지 씁쓸하게 들렸다.

"내가 그를 높이 평가하는 것은 그가 강하기 때문이 아니다."

"그럼?"

"그가 나와 같은 자이기 때문이지. 항거할 수 없는 운명에 맞서 싸우는, 천하에 단둘뿐인 저항자이기 때문이다."

"무슨 말씀이신지?"

하후상은 의문 어린 봉연의 눈을 보면서 미소 지었다.

"그도, 나도…… 운명이라는 소용돌이에 휩쓸린 가련한 인간일 뿐이지. 아니, 어쩌면 이 시대를 살아야 하는 모든 이가 운명이라는 소용돌이에 휩쓸린 이들 아니겠느냐. 하지만 그는 그 운명에 저항하는 자다. 나처럼 말이지."

"하지만……."

"너는 현명하고 명석하다. 천하를 뒤져도 너만큼의 재지를 타고난 이는 흔치 않을 것이다. 하지만 말이다, 봉연아."

"예, 마공자님."

마공자의 눈이 낮게 빛났다.

"운명에 맞서 보지 않은 이는 그것이 얼마나 고통스럽고 공포스러운 일인지 알지 못한다. 항거할 수 없는 거대한 힘 앞에 손가락이라도 꿈틀대어 보겠다고 발악하는 것이 얼마나 비참한 일인지도 알지 못한다. 그는 그걸 해내고 있는 자다. 그래서 나는 그를 존중한다.”

봉연은 하후상의 말을 모두 이해할 수는 없었다.

하지만 어렴풋이 그 말의 의미를 알 수는 있었다.

아마도 하후상이 말하는 항거할 수 없는 운명이라는 것은 하후패를 뜻하는 것이리라.

“그가 하후패와 맞서기 때문에 존중받을 가치가 있다는 것입니까?”

하지만 마공자는 매정하게 고개를 저었다.

“그렇지 않다.”

봉연은 자기도 모르게 눈살을 찌푸리고 말았다.

대답을 얻고자 한 질문이었지만, 들으면 들을수록 더욱 알 수가 없었다.

“곧 알게 될 것이다. 그가 맞서고 있는 운명이 뭔지 말이다.”

“예.”

“그리고 곧 알게 될 거다. 그가 왜 나처럼 운명에 맞서는 자인지, 왜 내가 그를 존중하는지, 그리고 왜 내가 그를…….”

하후상의 뒷말은 들리지 않았다.

하지만 봉연은 성급하게 굴지 않았다.

하후상이 곧 알게 된다고 했으니 이제 곧 그녀도 알 수 있을 것이다.

알게 될 것이다.

그러니 지금은 마공자의 말을 기억하며 기다리면 된다.

그럼 언젠가는 모든 것을 알게 될 것이다.

하후상은 연민 어린 눈으로 봉연을 바라보았다.

'그리고 너도 말이다, 봉연아.'

하후상은 고개를 돌려 창밖을 바라보았다.

'이제 끝이 다가온다. 너도 느끼고 있겠지, 유진천?'

하후상은 미소를 지었다.

이제야 이 고통의 끝이 보이고 있는 것이다.

"자, 이제 그만 일어나자꾸나. 차 한 잔 즐기려고 했는
데 생각보다 시간이 많이 흘렀구나. 하남에서 나를 눈이 빠
져라 기다리고 있는 이들이 있는데 이렇게 시간을 끌었다가
는 그들이 나를 욕하지 않겠느냐?"

"이미 욕은 하고 있을 것입니다."

"그래서 아까부터 이렇게 귀가 가려운가?"

마공자는 귀를 후벼 파더니 자리에서 일어났다.

"그런데 마공자님."

"응?"

"이건 어떻게 할까요?"

마공자는 봉연이 가리킨 것을 보았다.

그곳에는 원통하다는 듯이 눈을 부릅뜬 사람의 머리가
놓여 있었다.

"음, 여기다 두면 되지 않을까? 원래 이 방은 저 사람 것이니 놔두고 가면 되겠지."

"알겠습니다."

마공자는 빙그레 웃으며 방을 나섰다.

마공자가 떠난 방에는 살아생전 대공동파 장문인 종백 (宗伯)이라 불렸던 이의 목만이 덩그러니 남아 있었다.

73장
서찰(書札)

破道

"이건 참 이상한 기분이군."

매검의 말에 남궁산과 제갈휘가 동의했다.

그들은 지금 당가의 전각에 감금되어 있었다.

사실 감금이라고 해 봤자 점혈도 당하지 않았고 무기도 빼앗기지 않은데다 감시하는 사람도 없으니 마음만 먹으면 언제든 나갈 수 있었다.

하지만 감금은 감금이었다.

나갈 수가 없으니 말이다.

"뭐, 이것도 나름 괜찮지 않아요?"

"네?"

"그동안 쉴 새 없이 싸우고 쫓기기만 했는데 오랜만에

아무 생각 없이 편히 쉴 수 있으니까 나는 좋은데요?"

위지화영의 태평한 말에 제갈휘가 혀를 찼다.

"마련이 오고 있는데도?"

"……"

"잘못하면 며칠 내로 죽을지 모르는데도?"

"……"

"인생의 마지막 휴식일지 모르는데도?"

위지화영이 볼을 불렸다.

"하여튼 사람이 편히 쉬는 꼴을 못 봐요. 배배 꼬여서는."

제갈휘는 서글프게 말했다.

"혼기를 놓쳐서 그렇소. 그러니 주변에 이쁜 처자가 있으면 소개 좀 해 주시오."

"제갈 소협은 매 소협과 함께 평생 살 것 아니었나요?"

"내가 왜!"

"그게 무슨 악담이오!"

즉각 날아오는 반발에 위지화영은 득의의 미소를 지었다.

제갈휘는 그런 위지화영이 못마땅한지 툴툴대며 말했다.

"뭐, 자기야 낭군도 옆에 있겠다, 안 좋을 것도 없겠지."

"어머? 티 났나 봐요?"

"끄응."

제갈휘는 말로는 여자를 당할 수 없다는 만고불변의 진

리를 다시금 뼈에 새기며 물러날 수밖에 없었다.

입으로 오가는 농담과는 달리, 지금 이들은 꽤나 긴장해 있는 상태였다.

마련과의 정면충돌.

언젠가는 벌어질 것이라고 생각했지만, 막상 그 시기가 다가오니 그게 얼마나 엄청난 일인지 실감이 된 것이다.

사해방에서 오십의 마인에게 쫓겨 사지를 헤맸던 그들에게 수백의 마인들과 맞서 싸워야 하는 현 상황이 달가울 리는 없었다.

'그런데도 참 태연하군.'

제갈휘는 평소와 다름없이 아무런 변화가 없는 유진천을 보며 내심 감탄했다.

하기야 유진천은 언제나 하후패를 생각하며 살았을 테니 마련따위는 그저 걸리적거리는 장애물 정도로 여겨질지도 모르는 일이었다.

호랑이와 싸워야 하는 이가 앞집에 사는 맹견을 걱정하지는 않을 테니까.

"그런데……."

그때, 남궁산이 입을 열었다.

"난 전에부터 궁금했는데, 왜 우리가 여기서 싸워야 하는 거지?"

"또 무슨 소리야?"

"아니, 이왕이면 하남으로 가는 게 낫지 않아? 거기가 주력이잖아."

제갈휘가 혀를 찼다.

"무턱대고 하남으로 갔다가 우리가 위지세가 끌고 정천 맹에 복수하러 간다고 생각하면 어쩌려고?"

"그야 문제가 되겠지만, 사실 여기를 지켜 내도 하남이 뚫려 버리면 다 끝이잖아."

제갈휘는 고개를 저었다.

"아냐."

"응?"

"여기가 뚫리면 끝이야. 하남이 박살 난다고 해도 희망은 있지만 말이야."

"……모르겠는데?"

제갈휘는 당연하다는 듯 고개를 끄덕였다.

"그야 뭐, 너야 당연히 모르지. 알 거라고도 생각 안 했다."

"그거, 욕이지?"

"그건 알 거라고 생각했다."

남궁산이 인상을 썼다.

"오호, 이놈 보소? 이제는 대놓고 인상도 쓰네?"

"그냥 설명 좀 해 줘. 왜 여기가 중요한데?"

"말했잖아. 여긴 퇴로라고. 퇴로가 뚫리면 마인들이 중원 밖으로 나가 버릴 수가 있지."

"그게 왜?"

"양 떼 속에 갇힌 호랑이와 양 떼 밖에 풀려 있는 호랑이
가 똑같은 호랑이일 수는 없는 법이지. 양 떼 밖에서 호랑
이가 어슬렁거리면 시간이 걸릴 뿐, 양 떼는 결국 다 잡아
먹힐 뿐이야."

"하남이 무너지면 어차피 끝이잖아."

제갈휘는 고개를 저었다.

"그들이 모두 죽는다고 해도 중원은 무너지지 않아."

"……."

"하후패의 발호 때에도 궤멸에 가까운 타격을 입은 중원
이야. 하지만 백 년 만에 다시 일어섰지. 그들이 모두 죽는
다 해도 마련 역시 엄청난 타격을 입겠지. 그럼 이제 하남
의 전투에 참여하지 않은 수많은 무인들이 남아 있어."

"아……."

"하남의 무인들은 이기려 하는 게 아냐. 줄이려는 거지.
마인들을 줄여 놓기만 해도 중원은 승리한다. 시간과 인력
은 우리의 편이거든."

남궁산은 알겠다는 듯 고개를 끄덕였다.

그렇지만 한편으로는 제갈휘가 말한 것이 얼마나 무서운
일인지도 이해했다.

하남에 있는 이들은 살아남기 위해 싸우는 게 아니라 그

들이 모두 죽더라도 마지막에 승리하기 위해 싸우는 것이다.

"그런데 만약 여기가 뚫려 버리면 마련이 적당히 수를 줄이고 퇴각해 버릴 수가 있어. 그럼 끝이지."

"중앙에 있는 오백이 그냥 중원 밖으로 나가 버리면 안 돼?"

"개방이 그들을 감시하고 있을 거다. 그들의 이동 경로는 모두 알고 있겠지. 그런 낌새가 보이면 하남에 모이던 무인들이 일제히 마련을 쫓을 거다. 그럼 지금까지 각 문파에서 숨죽이던 이들도 모두 들고일어나 마련의 퇴로를 가로막겠지."

"음……."

"추격전은 전면전보다 쉬운 법이다."

"네 말은 그럼 마련이 뒤로 빠질 수 있기 때문에 지금 중원은 하남에 전력을 다할 수도 없다는 거네?"

"대문파는 중심 세력을 꾸리고, 중소 문파가 각 지역의 퇴로를 차단한다. 중원은 언제나 그렇게 싸워 왔지."

"그 중소 문파까지 모두 끌어모아서 싸우면 안 되나?"

"그게 왜 어렵냐면, 무위가 딸리는 인물들은 막상 그들이 퇴각할 때 따라잡을 수가 없어. 신법은 정직하거든."

"음……."

"희생 없이 승리하여 마련의 전력을 보존시키느니, 희생이 크더라도 마련을 뿌리 뽑겠다는 거지."

"중원이 그 정도로 전력이 강했구나."

제갈휘가 인상을 썼다.

"너, 뭘 들었냐?"

"응?"

"말했잖아. 이건 하후상이 다짜고짜 중원 한복판에 나타
난 덕분이라니까. 외곽부터 차근차근 뚫고 들어왔으면 이런
전략은 사용하지도 못해. 마련의 피해도 훨씬 적었을 거라
고."

"아……."

제갈휘는 하후상을 떠올리자 기분이 나빠진 듯 인상을
썼다.

"그 미친놈 때문에 하루에도 열 번씩 머리가 깨지는 느
낌이야. 뭔가 하려고 하는 것 같은데, 대체 뭘 하는지를 모
르겠다는 말이야."

남궁산은 제갈휘의 안색이 좋지 않자 더 이상 질문하는
것을 멈추었다.

그러자 매검이 남궁산에게 말했다.

"더 안 물어?"

"응? 뭘?"

"승산이라든가…… 뭐, 여하튼."

"난 별로 안 궁금한데?"

"그렇군."

제갈휘가 그런 매검을 보며 혀를 찼다.

"돌덩어리 둘 중에 하나가 돌 티를 팍팍 내니까 묻어 가기 딱 좋다. 그지?"

"뭔 소리냐?"

"멍청한 놈 하나가 모르는 걸 일일이 다 물어 주니까 내가 모른다는 티를 안 내도 되고 말이야."

"천만에. 나는 다 알고 있었다."

"정말?"

"물론이지."

제갈휘는 뻔뻔스럽게 대답하는 매검을 보며 한숨을 푹 내쉬었다.

"이래서 친구를 잘 만나야 하는 건데……."

제갈휘의 말은 공허한 메아리가 되어 울려 퍼졌다.

그때, 문을 두드리는 소리가 들려왔다.

"들어오세요."

이미 누군가 다급히 다가오는 것을 느낀 그들이었기에 따로 준비는 필요하지 않았다.

문이 벌컥 열리고 남궁강이 굳은 얼굴로 들어왔다.

"형님!"

반갑게 맞으려던 남궁산이 남궁강의 단호한 제지에 멈춰섰다.

"이런저런 말을 할 시간이 없다. 너희와 위지가주는 지금 즉시 가주전으로 와라."

"무슨 일입니까?"

"나도 자세히는 모른다. 다만 급박한 상황이란 건 들었다. 서둘러라. 어서!"

"예."

남궁산이 대답하자 오괴가 일어섰다.

그리고 남궁산은 급히 밖으로 뛰어나가 위지세가가 연금되어 있는 곳으로 달려갔다.

"무슨 일입니까?"

제갈휘가 문을 거칠게 열며 소리쳤다.

침중한 안색의 남궁장천과 당와, 그리고 세가의 호법들이 보였다.

"다 왔는가?"

"예."

"위지가주께서는?"

"여기 있소이다."

사천당가로 들어설 때부터 단 한순간도 마음이 편한 적이 없던 위지군명은 그동안의 마음고생을 안색으로 대변하고 있었다.

거뭇하게 죽은 얼굴색에 남궁장천이 다 마음이 아플 지

경이었다.

"마련이 방향을 틀었다."

"예?"

제갈휘가 어리둥절하게 물었다.

"그게 무슨 소립니까?"

남궁장천은 굳은 얼굴로 말을 이었다.

"말 그대로다. 이곳으로 향하고 있던 마련의 마인들이 방향을 틀었다."

"어디로 말입니까?"

"몰라서 묻는 건가?"

제갈휘는 모르지 않았다.

그들이 어딜 간다는 말인가.

갈 곳이야 빤했다.

하지만 이 황망한 상황을 인정하기가 싫을 뿐이었다.

이곳으로 향하던 마인들이 방향을 틀었다면 그들이 갈 곳은 단 한 곳뿐이다.

하남.

중원의 모든 전력이 집결되어 있는 최후의 전장.

그리고…….

아마도 하남에는 이 병력에 대한 대비가 되어 있지 않을 것이다.

"하남에는 알렸습니까?"

"일단 전서구를 날렸네. 하지만 그들이 도착하는 게 더 빠를지, 전서구가 도착하는 게 더 빠를지 알 수가 없어."

"사람이 새보다 빠르겠습니까! 평범한 비둘기를 쓴 것도 아닐 텐데."

"그만큼이나 빠르게 이동하고 있네. 지금까지 산보라도 하는 듯 움직였던 것이 애초에 이것을 노린 것이었다고 말하는 것처럼 가공할 속도로 하남으로 북상하고 있다는 말일세."

으드득.

제갈휘의 이 가는 소리가 중인들의 귀를 날카롭게 찔렀다.

"마공자, 이 빌어먹을 새끼."

제갈휘는 가문의 수장들이 앞에 있음에도 쌍소리를 내뱉었다.

그만큼이나 지금 제갈휘가 흔들리고 있다는 소리였다.

유진천이 입을 열었다.

"우리가 해야 할 일은?"

유진천의 말에 제갈휘가 평정을 되찾았다.

"하남으로 가야지. 지금 당장."

"알았다."

"준비해야 돼. 일단은 준비를 해야 갈 수가 있어. 먼 길이다. 식량이라도 준비하지 않으면 출발할 수가 없어."

"급박한 상황이다."

"나도 알아! 빌어먹을. 안다고! 그런데 여기서부터 하남까지 미친 듯이 달려간다면 도착해도 전력에 보탬이 안 된다고! 일단 싸울 수 있는 상태로 도착하는 게 우선이야!"

"음……."

유진천의 눈이 당와에게로 향했다.

"지금 준비 중일세. 아무리 짧게 잡아도 한 시진은 더 필요하네."

유진천은 고개를 끄덕였다.

그러고는 천천히 입을 열었다.

"그럼 다음은 손님을 맞을 차례군."

알 수 없는 말에 모두가 유진천을 바라보았다.

"그렇지 않나?"

그러자 기괴한 목소리가 들려왔다.

"믿지 않았는데, 정말인 모양이로군."

스스스스.

기묘한 소음과 함께 문 바로 앞에서 한 사람의 모습이 천천히 드러났다.

주변이 일그러지며 지금까지 아무도 없던 공간에서 한 사람이 나타난 것이다.

"누구냐!"

당와가 소매로 손을 넣었다.

하지만 나타난 이는 태연한 얼굴로 유진천을 보며 말했다.

"내 은영신공(隱映神功)을 간파하다니, 과연 광괴로군. 네 손에 천마들이 목숨을 잃었다는 소문에 합공이라도 당한 것일 거라 짐작했다. 하지만 소문이 사실인 모양이군."

"용건은?"

무미건조한 유진천의 말에 사내는 비릿하게 웃고 말했다.

"나는 영사천마(影寫天魔)라 한다. 마공자님의 서찰을 가지고 왔다."

"서찰?"

"네놈에게 전하라더군."

유진천이 눈살을 찌푸렸다.

"마공자가 나에게 전하라 했다고? 당가로 가서?"

"그렇다. 그분께서 네가 여기 도착하면 이 서찰을 전하라 했다."

태연하게 대화를 나누는 둘이었다.

하지만 다른 사람들은 그렇지 않은 모양이었다.

특히 당와는 노기가 머리끝까지 뻗칠 지경이었다.

난공불락이라 믿었던 당가타가 전시 체제로 운영되고 있는 상황에서 천마라는 놈이 빤히 가주의 집무실까지 숨어들었는데 왜 화가 나지 않겠는가.

더구나 당와는 조금 전까지 그가 이곳에 숨어 있다는 것을 전혀 알지 못했다.

다시 말하자면, 영사천마가 마음만 먹었다면 당가로 잠입해 당와의 목을 따는 것은 일도 아니라는 의미였다.

"네놈이 여기가 어디라고!"

"아아."

영사천마는 귀찮다는 듯 손을 휘저었다.

"이야기를 하고 있지 않느냐. 시끄러우니 잠시만 닥치고 있거라."

"으!"

당와는 노기를 참지 못하고 소매를 떨쳐 내었다.

아니, 떨쳐 내려 했다.

하지만 그의 손은 움직이지 않았다.

자신의 얼굴 바로 앞에 새하얀 손이 나타난 것이다.

당와는 심장이 멎을 듯한 충격에 그대로 얼어붙어 버렸다.

"이런 쓰레기를 보호할 가치가 있나?"

어느새 당와의 바로 앞에 나타나 그의 얼굴을 짓뭉개 버리려 했던 영사천마는 자신의 옆구리에 닿아 있는 유진천의 손을 응시했다.

그대로 손을 뻗었다면 당와는 죽었겠지만, 영사천마 역시 무사하지는 못했을 것이다.

"이야기를 하러 왔다고 했지."

영사천마는 손을 내리고 물러섰다.

"그랬지. 그러는 김에 귀찮게 앵앵대는 벌레 한 마리를 처리하려 했는데 방해를 받았군. 불문 쪽과 연관이 있나? 살생을 싫어하는군?"

당와의 입장에서는 귀에서 연기가 날 만큼 치욕스러운 말이었지만, 그가 할 수 있는 것은 없었다.

유진천이 아니었다면 그는 이미 죽은 목숨일 것이다.

'천마와 나의 무위 차이가 이 정도였다니.'

바로 어제 유진천에게 패배를 맛보았다.

치욕스러운 일이었고 수치스러운 일이었으나 유진천이 광천의 후예인 것을 알고 있기에 위안할 수 있었다.

하지만 중원의 적인 천마에게조차 일초지적이 되지 않는다는 사실은 당와를 고통스럽게 만들었다.

"서찰은?"

본론으로 들어가자 영사천마는 괴이한 시선으로 유진천을 훑어보고는 품 안에서 서찰을 꺼내 건넸다.

"그분의 친서다."

유진천은 말없이 서찰을 받아 열어 보았다.

유진천 친전.

네가 이 서찰을 받아 보고 있다면 지금 너는 당가에 있을 것이다.

그 말은 내가 예상한 그대로 한 치의 틀림도 없이 움직였다는 사실이 되겠지.

그래서 나는 솔직히 네가 이 서찰을 받아 보지 않기를 바란다.

네가 내 예상에서 조금도 벗어나지 못하는 정도의 인물이라는 것은 무척이나 실망스러운 일이기 때문이지.

하지만 이 서찰이 뜯어진 이상 너는 이미 나를 실망시켰을 것이다.

안타까운 일이지만 말이다.

나는 이제야 긴 지루함에서 벗어났다.

이제야 겨우 마음껏 활개를 치고 있다.

너는 내 기분을 이해하나?

모를 수도 있겠군.

너는 그래 본 적이 없을 테니까 말이야.

그래서 내가 너에게 기회를 주려고 한다.

모든 것을 잊어버리고 마음껏 활개를 쳐 볼 만한 판을 마련해 주겠다.

네가 이 서찰을 보고 있다면 마련의 전 병력이 하남으로 집결하고 있을 것이다.

그리고 개방의 거지들이 그걸 보고하고 있을 테니 정천맹의 쓰레기들도 어쭙잖은 병력이나마 하남으로 모아 보겠답시고 정신이 없겠지.

무슨 뜻인지 알겠나?

중원과 마련의 모든 힘이 하남으로 집결된다.

그야말로 건곤일척의 대전이 벌어질 것이야.

끝도 없는 많은 이들이 죽어 갈 것이고, 세상은 시산혈해로 바뀔 것이다.

그러니 어찌 유쾌하지 않은 일이겠느냐?

그리고 이 광경은 너와 나에게 있어서는 더없이 즐거운 유희가 될 것이다.

네가 증오하는 마련과 중원이 서로 상잔하며 피 흘리고 죽어 가는 꼴을 직접 볼 수 있는, 천하에 둘도 없는 기회가 너에게 주어졌다.

하남으로 와라.

나는 이제 모든 것을 끝낼 것이다.

길고 길었던 원한의 굴레를 뒤집어쓰고, 배덕자와 굴종자들이 천하를 논하며 살아가는 역겨운 광경을 끝내고, 이 더러운 무림을 정화할 것이다.

네가 이 역사적인 순간에 함께하지 못한다면 나는 더욱 실망하게 될 것이다.

시일이 촉박하다.

나는 기다리려 애쓰겠지만, 나의 인내심에도 한계가 있다.

이 서찰을 받는 즉시 하남으로 와라.

거기서 얽히고설킨 모든 것들을 끝낼 것이다.

하후상.

유진천의 얼굴이 와락 일그러졌다.

옆에서 함께 서찰을 읽은 제갈휘의 얼굴도 더없이 처참하게 일그러졌다.

"하후사아아아아앙!"

제갈휘의 울부짖는 듯한 고함 소리가 대전을 쩌렁쩌렁 울렸다.

"큭큭큭큭."

그 광경을 보며 영사천마는 뒤틀린 웃음을 지었다.

"그분은 인간의 능력으로는 예측할 수 없는 분이시지. 영혼마저 농락당하는 기분이 어떤 것인지 느끼고 있겠군."

제갈휘가 핏발 선 눈으로 영사천마를 노려보았다.

"큭큭큭, 그렇게 보지 마라. 나는 그저 전령일 뿐이니까. 서찰은 전했다. 그럼 다음에 보지."

그때, 남궁장천이 움직였다.

"이곳을 빠져나갈 수 있을 것 같으냐?"

영사천마는 뭐 그리 당연한 것을 묻느냐는 듯 남궁장천을 바라보았다.

"네까짓 것들이 나를 잡겠다고?"

제갈휘가 이를 갈았다.

"천참만륙을 내 주겠다, 잡종 놈의 마인 새끼."

"크크크크."

그 순간, 유진천이 손을 들었다.

"보내 줘."

"뭐?"

"시간이 걸린다. 지체할 시간이 없다."

"……."

제갈휘는 지금 자신들이 처한 상황을 깨닫고는 이를 갈았다.

영사천마의 은잠술을 감안해 보았을 때, 그의 신법이 어떠할 것인가는 보지 않아도 빤했다.

그런 이를 잡겠답시고 설쳐 대는 순간, 당가가 혼란에 빠진다.

그러다 보면 단 일각이라도 출발하는 시간이 지체될 수 있는 것이다.

"기억해. 하남에서 만나면 내가 반드시 네놈의 혀를 뽑아 버리겠다."

"무섭군."

영사천마는 겁이 난다는 듯 진저리를 치고는 몸을 돌렸다.

그러고는 밖으로 걸어가던 영사천마가 몸을 돌리지도 않은채 입을 열었다.

"그런데 말이지……."

"뭐?"

"그분의 명이 없었다면 천참만륙 나는 것은 내가 아니라 바로 너희들이 되었을 것이다."

순간, 칼날 같은 기세가 영사천마의 등에서 뿜어져 나왔다.

"큭!"

"으!"

당와와 남궁장천이 자신도 모르게 주춤 뒤로 물러서며 병장기를 움켜잡았다.

유진천을 제외한 오괴들도 솜털이 곤두서는 느낌에 바짝 긴장하여 영사천마를 노려보았다.

영사천마는 슬쩍 고개를 돌려 입꼬리를 말아 올렸다.

"하지만 오늘은 날이 아니군. 돌아가겠다. 하남에서 만나기를 바라지."

영사천마는 그 말을 남기고 느릿하게 밖으로 걸어 나갔다.

"자, 잡아야……."

당와가 명을 내리려는 순간, 유진천이 고개를 저었다.

"늦었습니다."

"늦다니?"

"일 리 밖입니다. 쫓아가도 잡을 수 없습니다."

"이, 일 리?"

무슨 말도 안 되는 소리인가.

지금 방금 문밖으로 나간 사람이 무슨 수로 일 리 밖에 있다는 말인가.

제갈휘가 씹어 먹 듯 말했다.

"생각보다 시간이 더 걸렸겠군."

유진천이 공감했다.

"나도 따라잡기 힘들겠다. 가공할 신법이다."

제갈휘는 한숨을 푹 내쉬고는 당와와 남궁장천을 돌아보았다.

당와는 이미 평정심을 잃고 있었다.

하는 수 없이 남궁장천과 일을 상의했다.

"준비가 되는 즉시 하남으로 향해야 합니다."

"그래야겠지."

"전력이 안 될 것 같은 인물은 모두 제외시키십시오. 속도를 높여야 합니다. 도착하고도 지쳐서 싸울 수 없는 인원은 짐만 될 뿐입니다."

"엄선하겠네. 위지세가는 위지가주께서 힘쓰실 터이니, 빙궁 쪽은 자네가 맡아 주게."

"알겠습니다."

제갈휘는 감정 없는 무표정한 얼굴로 고개를 숙이고는 밖으로 나갔다.

매검이 그 광경을 보고 입을 열었다.

"저놈이 저렇게 열 받은 건 처음 본다."

남궁산도 동의했다.

"나도. 무섭다."

하지만 남궁산은 제갈휘의 분노를 이해할 수 있었다.

마공자 하후상의 계획에서 벗어나 타격을 주었다고 생각했는데, 그런 움직임마저 이미 하후상의 손바닥 아래에 있었다.

'괴물.'

남궁산에게 있어서 하후상은 도저히 감당할 수 없는 괴물이었다.

무력으로도, 귀계로도 상대가 되지 않았다.

'그리고 지금부터 우리는 그 괴물을 상대하러 가야 한다.'

남궁산은 그것이 얼마나 두려운 일인지 잘 알고 있었다.

하지만 물러설 수는 없는 노릇이었다.

남궁장천이 남궁신을 바라보며 입을 열었다.

"산아."

"예, 할아버님."

정말 오랜 시간 만에 뵌 조부였지만 상황이 꼬이다 보니 지금까지 말 한마디 나눠 보지 못했다.

남궁산은 그게 못내 죄스러웠다.

"네 친구가 자존심에 상처를 입은 모양이구나. 저럴 때는 실수를 하기 쉬우니 네가 잘 살펴 주거라."

"예, 명심하겠습니다."

남궁장천은 고개를 끄덕였다.

다른 상황이었다면 남궁산을 붙들고는 묻고 싶은 말들이 정말 많았으리라.

참 잘 자라 주었다고 칭찬도 해 주고 싶었다.

하지만 지금은 그런 사소한 것을 챙길 때가 아니었다.

"강아."

"예!"

"소집해라. 무력이 부족한 이들은 모두 제외한다."

"제외된 이들은 어떻게 합니까?"

"인원을 둘로 나눈다. 하나는 즉시 하남으로 지원을 가고, 남은 이들은 전력을 보존한 채 하남으로 갈 것이다."

애초에 속도의 차이가 나니 어쩔 수 없는 방편이었다.

"인솔은 어떻게 합니까?"

"후발대는 네가 맡거라."

"알겠습니다."

남궁강은 깊이 고개를 숙이고는 밖으로 나갔다.

남궁장천은 아직도 멍하니 정신을 차리지 못하고 있는

당와를 다독였다.

"당가주, 마음은 알겠으나 지금은 그러고 있을 때가 아니오."

"……예. 죄송합니다, 선배."

"어서 준비를 서둘러 주시오."

"알겠습니다."

"그럼 저희도 준비하겠습니다."

"수고해 주게나."

오괴들이 나가자 남궁장천은 씁쓸한 눈으로 자신의 손을 내려다보았다.

조금 전, 영사천마의 은잠술을 알아채지 못한 것은 남궁장천도 마찬가지였다.

게다가 영사천마가 당와를 노리는 순간에도 남궁장천은 반응하지 못했다.

다시 말해, 영사천마가 남궁장천을 노렸다면 자신 역시 죽는 줄도 모르고 당했을 것이다.

까마득하기까지 한 무의 차이.

백 년이 넘는 세월을 검과 함께 살아온 노무인의 가슴은 자신에 대한 실망으로 가득 찼다.

'무엇을 위해 살아온 세월이었던가.'

대적할 적이 있다는 것을 알고 있음에도 그들을 상대할 힘을 키우지 못했다.

나름 최선을 다해 살아왔다고 생각한 삶이었지만, 그 삶이 남겨 준 것은 대항하지 못할 무력한 무위와 서글픔이었다.

그리고 그의 머리에 다시 떠오른 것은 그런 영사천마를 막아 내던 유진천이었다.

'광천.'

광천의 후예.

세상의 모든 짐을 짊어지고 걸어온 아이.

남궁장천은 이제야 유진천이 얼마나 힘겨운 길을 걸어왔을지 짐작할 수 있었다.

"이 많은 죄를 어찌 다 갚아야 한단 말입니까, 광천이여, 유가주시여."

남궁장천의 힘없는 뇌까림이 서글프게 울려 퍼졌다.

74장
조우(遭遇)

굳게 닫힌 문.

마치 태곳적부터 한 번도 열린 적이 없다는 듯 무겁게 닫혀 있는 문.

끼이익.

그 문이 천천히 아주 천천히 열렸다.

녹슨 경첩이 뜯겨 나가는 듯, 귀를 파고드는 소음이 이질적이기만 하다.

그는 천천히, 조금도 서두르지 않고 친천히 문을 열었다.

빛 한 점 들지 않는 어둠.

아니.

차라리 어둠이라고 믿고 싶을 만큼 음울한 분위기가 그

의 심장을 후벼 판다.

무(無).

아무것도 없는 공간.

그 공간 안에…….

마치 비어 버린 듯한 존재가 그를 마주하고 있었다.

그.

유진천은 낮게 호흡을 내뱉었다.

가장 마주하고 싶지 않았던 존재.

그에게 있어 마지막으로 두려움이라는 감정을 줄 수 있는 존재.

결코 이처럼 마주하고 싶지 않았던 자.

지금 유진천은 바로 그 사람 앞에 서 있었다.

죽음은 두려운 게 아니다.

두려운 것은 죽음이 아니라 부정(否定)이다.

지금 그는 그의 존재를 부정하는 자와 마주하고 있었다.

사람.

그.

아니, 그녀의 입이 천천히 열렸다.

"끝났구나."

유진천은 대답하지 않았다.

"……모든 게."

하지만 그녀는 이미 모든 것을 알고 있다는 듯 뇌까렸다.

유진천에게 하는 말이 아니었다.

그녀가 홀로 하는 말이었다.

서로 마주한 순간에도 그녀는 유진천과 대화하고 있지 않았다.

"끝났어."

하지만 유진천은 말해야 했다.

그러자 그녀가 유진천을 바라보았다.

텅 빈 눈.

아무것도 담겨 있지 않은 눈.

허무의 눈.

유진천은 저 눈이 두려웠다.

그녀의 눈을 볼 때마다 유진천은 자신의 모든 것이 부정당하는 공포에 떨어야 했다.

하지만…….

지금은 그렇지 않았다.

이제 유진천에게 남은 것은 없었다.

남은 이도.

살아갈 미래도.

부정당할 존재마저도 사리진 지 오래었다.

그래서 이제는 유진천도 담담히 그 눈을 마주할 수 있었다.

텅 빈 눈이 한동안 유진천을 응시했다.

그녀도 유진천 안의 모든 것이 비어 버렸다는 것을 알았
는지 지금까지와는 다른 반응을 보여 주었다.

"그래, 끝났구나."

대화.

한 사람은 말하고 다른 사람은 대답한다.

평범한 이들이라면 하루에도 수십, 수백 번씩 오가는 것.

하지만 유진천은 태어나서 처음으로 눈앞에 보이는 이와
대화라는 것을 해 보았다.

어찌 보면 유진천에게는 매우 역사적인 날이라고 할 수
있을 것이다.

하지만 이미 유진천에게는 그 역사적인 순간을 기념하고
축하할 마음이라는 것이 남아 있지 않았다.

그저 그 사실을 깨달을 뿐이었다.

"모두 죽었어."

담담한 말.

그 담담한 말이 둘만이 존재하는 공간을 가득히 메웠다.

여인은 많은 의미가 담긴 말을 담담하게 내뱉는 유진천
을 가만히 바라보았다.

아이.

아직은 어린아이였다.

하지만 지금 그녀의 눈앞에 있는 이는 아이라고 부를 수
없는 그 무언가였다.

"그래서?"

하지만 그녀의 입에서 나온 말은 더 없이 매정했다.

아니, 매정하기보다는 무미건조했다.

아이가 한 말이 그녀에게 어떠한 감흥도 주지 못한다는 듯 그저 무미건조하기만 했다.

"이제 떠날 거야."

"……."

"그리고 돌아오지 않을 거야."

여인은 가만히 유진천을 바라보다 대답했다.

"그래서?"

유진천은 입을 열려다 머뭇했다.

뭐라고 말해야 할까?

유진천도 확신할 수 없는 마음을 뭐라고 설명해야 이해시킬 수 있을 것인가.

아니, 있는 그대로 이야기 한다고 해서 이해할 것인가?

눈앞에 보이는 이 사람이?

평생 단 한 번도 어떠한 교감을 나눠 보지 못한 그들이 이제 와서 뭘 다시 하겠다는 것인가.

그저 떠나면 될 것을.

하지만 그럴 수 없었다.

그의 아비가 그에게 남긴 마지막 말.

그리고 유진천의 마음 한구석에 남아 있는 미진함을 풀

기 위해서는 만나야 했다.

대면해야 했다.

그리고 들어야 했다.

이 모든 것의 진실을.

그리고 이 숨겨진 모든 것을.

"말은 해야 할 것 같았어."

"……."

"그래도 당신은……."

유진천은 입을 닫았다.

그러고는 낮게 호흡하고 남은 말을 내뱉었다.

"내 어머니니까."

그녀.

아무런 대답도 하고 있지 않은 여인.

유진천을 그녀를 어머니라 불렀다.

하지만…….

"그렇구나."

그게 전부였다.

그녀는 유진천의 말에 어떠한 대답도 해 주지 않았다.

유진천도 기대하지 않았다.

그녀가 유진천에게 어떤 반응을 보여 준 적은 없으니까.

그의 말에 대답을 해 준 것도 지금이 처음이니까.

혈육.

피로 이어진 인연.

하지만 그뿐이었다.

그녀와 유진천 사이에는 어떠한 연대도 존재하지 않았다.

태어난 그 순간부터 단 한 번도 어미의 정이라는 것은 받아 본 적이 없었다.

어머니란 존재가 있어야 한다는 것도 생각해 본 적이 없었다.

어느 순간, 자신에게도 어머니가 있다는 것을 알게 되었다.

그리고 그 사람이 눈을 마주치는 것만으로도 자신에게 알 수 없는 슬픔을 안겨 주던 이라는 것도 알게 되었다.

일백이 거하는 광천.

그 일백 중에서도 가장 그와 거리가 멀었던, 알 수 없던 이가 그의 어머니였다.

다가간 적도 있었다.

늦게나마 알았기에 먼저 손을 내밀어 본 적도 있었다.

돌아온 것은 외면.

무관심.

차라리 화를 내었다면, 그를 멸시하고 증오하기라도 했다면 나았을 것이다.

하지만 그녀는 그러지 않았다.

마치 유진천이 세상에 존재하지 않는 것처럼 대했을 뿐

이다.

그렇게 시간이 흘렀다.

서로 존재한다는 것은 알고 있었지만, 일 년에 단 한 번도 마주치기 힘든 사이로.

손만 뻗으면 닿을 거리에 있었지만, 그 거리가 너무나도 멀게 느껴지는 사이로 살아왔다.

존재하는 이.

하지만 존재하지 않는 것보다 더 큰 괴로움을 안겨 주는 이.

그녀가 유진천의 어머니였다.

조약란(趙若蘭).

그녀의 이름이었다.

그녀의 입이 열렸다.

"모두 죽었구나."

"……."

"결국은 그렇게 되었어."

그녀의 말은 짙은 허무에 젖어 있었다.

유진천은 그 허무가 전달되어 오는 것을 느꼈다.

예전에는 그녀의 허무가 그를 힘들게 한 적도 있었다.

하지만 이젠 아니다.

이젠 유진천도 그녀의 감정을 너무도 잘 안다.

너무 잘 이해하고 있었다.

사람이라고 생각되지 않을 만큼 싸늘했던 냉기.

세상을 살아가고 있음에도 다른 것을 바라보고 다른 무언가를 살아가는 미묘한 엇나감.

예전에는 이해하지 못했다.

하지만…….

하지만 이제는 알 수 있었다.

아니, 너무나도 절절하게 이해한다.

그녀의 모습은 지금 유진천의 모습과 너무나도 닮아 있었다.

자신의 모든 것을 빼앗기고, 살아갈 이유마저 빼앗겨 버린 이의 모습.

유진천은 이제야 그녀를 이해할 수 있었다.

그리고 알아야만 했다.

아마도 그녀는 유진천이 겪어 온 것과 같은 삶을 살아왔을 것이다.

어쩌면 유진천이 겪기 이전부터 지금까지.

하루하루가 고통이라 말하기도 우스울 만큼 끔찍한 아픔을 마주하며.

"그래서 무얼 남겼지?"

"……."

"뭘 남겼을까, 그들은?"

그들.

이미 그녀는 스스로를 광천이라 생각하지 않는 것 같았다.

아니, 생각해 보면 예전부터 그랬다.

이곳에서 살아가고 있지만, 그녀는 이들과 섞여 들지 않았다.

유진천은 가만히 그의 어머니를 바라보았다.

원망했다.

때로는 아비보다 더.

하나 이제는 그렇지 않다.

지금 이 순간, 유진천은 그녀를 이해해 버렸다.

그녀가 무엇을 겪었는지 알 수 없지만, 그녀가 왜 이토록 서글픈 모습을 하고 있는지는 이해할 수 있었다.

"떠날 거야."

"어디로?"

"학관으로 가야지."

"호호호호호호!"

커다란 웃음이 터져 나왔다.

교성.

세상을 비웃고, 자신을 비웃고, 그 무엇보다도 유진천을 비웃는 듯한 교성.

"학관으로 간다고?"

"……"

"이제 대법이 끝났으니 너는 그들이 만들어 놓은 길을 따라가겠다고?"

"······."

"그게 네가 택한 길이야? 네가 원한 길이야? 그게 네가 대법을 버텨 낸 이유야?"

유진천은 무표정한 얼굴로 대답했다.

"다른 길이 없으니까."

"왜!"

"남아 있는 것이 없으니까."

"······."

유진천은 담담히 말했다.

"아무것도 남지 않았어."

묘한 침묵이 그들을 감쌌다.

한참 동안 멍하니 서 있던 유진천은 감정 없는 목소리로 말을 이었다.

"사람, 삶, 그리고 나도. 이제는 아무것도 남아 있지 않아. 남은 것은 목적. 그것뿐."

그녀의 눈동자가 흔들렸다.

처음 보는 광경이었다.

예전의 유진천이었다면 그 모습을 본 것만으로도 잠을 이루지 못했을 정도로 신기한 모습이었다.

하지만 이제는 아니었다.

이제 그런 것에 감탄하기에는 그는 너무나도 메말라 버렸다.

가슴 어딘가에 남아 있을 거라 믿었던 것들도 이제는 남아 있지 않았다.

"그래서 가는 거야."

"……."

"나도 모르겠어. 어쩌면 차라리 죽어 버리는 게 나을지도 모르지. 그런데 말이야……."

"……."

"그럼 나는 왜 태어난 걸까?"

그녀의 손이 꽉 쥐어졌다.

"태어나서 하나하나 잃고, 잃고, 또 잃다가 다 잃어버린 뒤에 죽는다면…… 나는 왜 태어난 걸까?"

그녀는 아무 말을 하지 않았다.

"그래서 가 보려 해. 그곳으로 가면 혹시나 찾아볼 수 있을까 봐. 왜 내가 살아야 하는지, 살아야 하는 이유가 거기에 있을까봐."

"그들의 원한을 짊어지고?"

"놓으려고도 해 봤어."

"그런데?"

유진천은 고개를 저었다.

"이제 나에게 남은 것은 그것뿐이야."

"……."

"남아 있는 것은 원한, 그리고 증오. 그걸 놓아 버리는 순간, 나에게는 정말 아무것도 남지 않아. 숨을 쉬고 있을 뿐이야. 그래서 나는……."

두려운 걸까?

유진천은 말을 하면서도 자신의 마음을 정확하게 알지 못했다.

왜 가는 걸까?

대법을 받는 내내 끝도 없이 들어 왔던 이야기들 때문에?

그의 앞에서 죽어 간 이들이 남긴 원한과 고통의 울부짖음 때문에?

그렇지 않으면?

"사실, 모르겠어……."

"……."

"그런데 가야 한다는 것만 알 뿐이야."

그녀는 말없이 유진천을 바라보았다.

눈빛.

유진천은 알 수 있었다.

짙은 허무와 무감각만이 가득했던 그녀의 눈이 처음으로 다른 감정을 품고 있다는 것을.

"막으려 했다."

그녀의 입이 열렸다.

"증오와 원한을 이어서 너에게까지 그 짐을 주어야 한다는 것이 너무 끔찍하고 서글퍼서 막으려 했다."

"……."

"천 명의 원한을 풀기 위해 백 명을 희생하고, 연관도 없는 아이마저 희생시켜야 한다는 것이 얼마나 부질없는 것인지, 그게 얼마나 미친 짓인지."

"……."

"하지만 멈추지 못했어."

유진천의 귀에 처음으로 그녀의 이야기가 나오고 있었다.

"그들은 멈추지 않았어. 아니, 그들도 멈출 수가 없었겠지. 누구도 막을 수가 없었어. 그리고 그들은 결국 넘어서는 안 될 선마저 넘어 버렸지."

"선?"

"마귀를 죽이기 위해 스스로가 마귀가 되어 버렸지. 네 눈으로 봐. 이곳을 봐. 원한과 증오 말고는 남은 것이 없지. 광기의 천인. 사람들은 그렇게 부른다지? 틀렸어. 이곳은 천인들이 사는 곳이 아니야. 차라리 광기에 가득 찬 마귀들이 사는 곳이지."

유진천은 그 말이 맞다고 생각했다.

하지만 이제는 다 의미 없는 이야기일 뿐이었다.

"그 광기의 결과가 너야."

"……."

"대법이 아니라."

유진천의 눈이 흔들렸다.

그녀의 말이 무엇을 의미하는지 알 수가 없었다.

하지만 그녀의 목소리에 묻어나는 짙은 원한은 알 수 있었다.

"넌……."

그녀는 유진천의 심장에 비수를 꽂았다.

"태어나지 말았어야 했어."

찢긴다.

가슴이 찢겨진다.

이젠 남지 않았을 것이라 생각한 슬픔이 그의 가슴을 갈기갈기 찢어 놓는다.

"태어나서는 안 될 사람이었어."

유진천의 입가에 미소가 걸렸다.

알아.

알고 있어.

이렇게 살 바에야 태어나지 않았으면 좋겠다고 생각한 적도 많았으니까.

그렇지만…….

눈물은 흐르지 않는다.

유진천은 그녀의 말을 그저 들을 뿐이었다.

"모두가 미쳤지. 모두가 미쳐 버렸어. 하후패, 그 마귀를 죽이기 위해서 모든 것을 내걸었지. 결국에는 하지 말아야 할 일까지 저질러 버렸어."

"하지 말아야 할 일?"

"깔깔깔깔!"

그녀는 미친 사람처럼 웃어 대었다.

"그래, 너야. 저주받은 아이. 내 모든 것을 앗아 가고 이 곳을 지옥으로 만든 아이. 이들이 미쳤다고? 미쳤다고? 아니!"

그녀는 원독에 찬 눈으로 그를 바라보았다.

"아니, 네가 이곳을 미치게 만들었어."

"……."

"그리고 이제는 떠난다고?"

"……."

"이제는 그 원한을 짊어지고 떠나겠다고?"

그녀는 미친 듯이 웃었다.

하지만 그 웃음은 너무도 슬프게만 들렸다.

그리고 유진천은 보았다.

그녀의 입가에 피가 흘러내리는 것을.

"무슨!"

그녀가 손을 내저었다.

"때가 된 것뿐이야."

그제야 유진천은 그녀의 몸을 제대로 볼 수 있었다.

그녀의 몸 안에 흐르는 기운이 제멋대로 뒤엉켜 있었다.

어떻게 이런 상태로 지금까지 살아올 수 있었는지가 더 의문일 정도로 엉망이었다.

지금 당장 숨이 끊어져도 이상하지 않을 정도로.

"또 다른 대법인가?"

그녀의 육체가 어떤 이유에서인가 무너졌다는 것을 알 수 있었다.

"호호호호."

그녀는 조소하듯 웃더니 입을 열었다.

"내가 광천을 버렸다고 생각했니?"

"……."

"버린 건 내가 아니라 그들이야. 난 이제 쓸모가 없으니까."

유진천의 눈이 흔들렸다.

이 사람은 지금 무슨 소리를 하는 건가.

"알고 싶니?"

유진천은 고개를 끄덕였다.

알고 싶었다.

아니, 알아야 했다.

그를 옥죄고 있는 이 더러운 운명이 무엇인지 이제는 알아야 했다.

"이리 오렴."

유진천은 그녀에게 다가갔다.

그녀는 그의 귓가에 손을 대고 속삭였다.

그녀의 말이 끝나자 유진천은 휘청이며 뒤로 물러섰다.

그의 얼굴에는 말로는 표현할 수 없는 기괴한 표정이 떠올라 있었다.

지옥의 수라의 얼굴이 이러할까.

경악.

분노.

공포.

불신.

"거짓말!"

그의 고함 소리가 쩌렁쩌렁 울려 퍼졌다.

"사실이야."

"그럴 리가 없어! 아냐! 아니라고! 그, 그럴 리가 없어! 내가 왜에에에에에에!"

"호호호호호호홋!"

그녀는 미친 듯이 웃어 댔다.

이 상황이 너무나도 재미있어 견딜 수가 없다는 듯이.

그녀의 아들이 공포와 경악에 휩싸여 어쩔 줄 몰라 하는 것이 너무나도 즐겁다는 듯이.

"미쳤다고? 깔깔깔깔! 미쳤지! 모두가 미쳤어! 나도! 그들도! 그리고……."

그녀는 웃었다.

"너도 이제 그렇게 될 거야."

"아냐……. 그럴 리가 없어……. 그럴 리가 없어…….
그럴 리가 없어……."

유진천은 넋이 나간 듯 뇌까렸다.

대법이 끝난 날.

모든 것을 잃고 모든 것을 얻은 날.

그는 그렇게 무너지고 있었다.

"아냐……. 아냐……. 아냐……. 그럴 리가 없어. 아냐.
그럴 리가 없어. 잘못된 거야. 당신이……. 당신이 틀렸
어!"

유진천은 자신의 어깨를 부여잡고 소리쳤다.

"틀렸다고오오오오오오오!"

유진천은 휘청이며 그녀에게 다가갔다.

"아니라고 말해 줘."

"……."

"아니라고……. 아니라고……. 제발 아니라고 말해 줘!"

"……."

"어서어어어어!"

그는 분노를 참지 못하고 그녀에게 달려들었다.

그 순간, 그녀가 달려드는 유진천의 목을 틀어쥐고 바닥

으로 쓰러뜨렸다.

그런 뒤 목을 조였다.

"컥!"

"너를…… 너를…… 볼 때마다 죽여 버리고 싶었어. 네 존재가 날 미치게 만들었지! 단 하루도 너를 죽이는 생각을 하지 않은 적이 없었어!"

유진천은 자신의 목을 조이고 있는 어머니를 보았다.

그녀의 얼굴에 보이는 원독.

그것이 모든 것을 말해 주고 있었다.

그녀의 말이 사실이라는 것을.

'태어나지 말았어야 했어.'

우습게도…….

그녀의 말이 맞았다.

유진천은 태어나지 말아야 했다.

그런 식으로 태어나서는 안 되는 것이었다.

그의 눈가에 눈물이 차올랐다.

어미는 원한에 가득 차 아이를 죽이려 하고, 아이는 울며 그 상황을 받아들이고 있었다.

차라리…….

이렇게 죽어 버린다면 나을 것이다.

그럼 더 이상은 고통스럽지 않아도 될 테니까.

"단 하루도 꿈꾸지 않은 적이 없었어!"

"……."

막혀 오는 호흡.

멀어져 가는 의식 속에 유진천은 희미한 환상을 보았다.

유문혁.

그의 얼굴.

"미안…… 하다……."

그의 목소리.

그의 온기.

목을 죄어 오던 손이 천천히 풀렸다.

멍한 의식 사이로 낮은 뇌까림이 들려왔다.

"하지만 그러지 못했어……."

그녀의 손이 천천히 그의 볼을 쓰다듬었다.

아주 천천히.

처음 해 보는 일.

조금은 어색한지 떨리는 그녀의 손길에 유진천은 눈물을 흘렸다.

왜인지는 몰랐다.

그저 이유도 모른 채 복받치는 슬픔을 감당해야 했을 뿐이다.

"그러지 못했어."

그녀의 손이 천천히 그의 볼을 쓰다듬다가 아주 천천히 그의 이마를 쓰다듬었다.

"내 아이……."

"……."

"내 아이……."

그녀의 목소리.

세상 어디에도 그런 슬픈 목소리는 없을 것이다.

"가장 힘든 사람이 너인 것을 알면서도…… 안아 줄 수 없었어. 미안하다고…… 말하지 못했어."

그녀의 손이 따뜻하다고 느껴졌다.

"내 아이."

유진천은 입을 틀어막았다.

그러지 않으면 모든 것이 터져 버릴 것만 같았다.

"우으으."

그의 볼에 따뜻한 것이 떨어졌다.

눈물.

그녀가 흘린 눈물이 유진천의 볼을 타고 흘렀다.

"안아 주지 못했어……."

그녀는 왜 떠나지 않았을까?

그녀가 할 일은 모두 끝났다.

대법에도 참여할 수 없고, 이곳에 남아 있어 보았자 그녀가 얻는 것은 하루하루 깊어져 가는 고통과 신음하는 일뿐이었다.

그런데…….

왜 그녀는 떠나지 못했을까?

"내 아이……."

유진천은 알 수 없었다.

그가 알 수 있는 것은 그의 머리를 통해 무언가가 들어오기 시작했다는 것이었다.

익숙한 느낌.

지긋지긋할 정도로 겪어야 했던 바로 그 느낌.

"뭐하는 거야!"

유진천은 그녀를 밀쳐 내려 했다.

하지만 그럴 수가 없었다.

아직 무공을 익히지 않은 그가 그녀를 밀어내는 것은 불가능한 일이었다.

"알고 있었는데……."

그녀의 뇌까림이 너무도 서글프게 그의 마음을 울려 왔다.

"그만두라고오오오오!"

발악하는 그를 바라보는 그녀의 눈빛.

지금까지 단 한 번도.

태어난 이후로 단 한 번도 받아 보지 못했던 따뜻한 눈빛.

어머니의 눈빛이었다.

왜 이제야…….

왜 이제 와서야……

그런 눈빛을 보여 주는 걸까.

왜.

다 끝나 버린 뒤에야.

아무것도 잡을 수 없게 되어 버린 후에.

남아 있는 것은 아무것도 없는 지금에 와서야.

그런 눈빛을 보이는 걸까?

그녀의 손이 천천히 흘러내렸다.

그녀의 손이 유진천의 볼을 어루만졌다.

"그래도……."

힘없는 그녀의 목소리가 들려왔다.

"그래도 너는 내 아이인데……."

유진천은 보았다.

그녀의 미소를.

흘러나오는 피로 엉망이 된 얼굴과……

창백해진 안색.

기괴하게 일그러진 얼굴로.

그녀가 짓는 미소를.

"왜 이제야…… 알았을까?"

"우욱……."

틀어막은 입에서 신음이 새어 나왔다.

"왜 이제야……."

그녀는 미소를 지으며 말했다.

"내 아이……."

천천히.

아주 천천히.

그녀가 그의 몸 위로 쓰러졌다.

그의 귓가에 너무나도 약해져 버린 숨소리가 들려왔다.

유진천은 움직이지 못했다.

움직일 수 없었다.

"미안……."

그녀는 뭔가를 속삭였다.

얕은 호흡으로.

그리고…….

그 호흡은.

다시 들려오지 않았다.

다시는…….

유진천은 그녀의 몸에서 온기를 느꼈다.

미약한 온기.

그리고 그 온기는 이내 꿈인 것처럼 사라져 버렸다.

어둠이 내리고.

다시 해가 뜨고.

어둠이 내리고.

다시 해가 뜬 뒤.

유진천은 그녀를 안아 들었다.

그리고 천천히 밖으로 걸어 나갔다.

그의 등에는……

이제 정말 아무것도 남아 있지 않았다.

❖　　❖　　❖

유진천은 눈을 떴다.

그리고 그것으로 준비는 끝났다.

유진천은 알 수 있었다.

이제…….

끝이 난다.

이제 모든 것이 끝날 것이다.

그날 이후.

유진천은 학관으로 향했고, 지금에 이르렀다.

그리고 이제 종착역이 보이고 있었다.

'바뀌었을까?'

유진천은?

그때부터 뭐가 달라졌을까?

유진천은 자신을 바라보고 있는 이들을 보았다.

친구.

그리고 연인.

하지만…….

'아무것도.'

유진천은 알고 있었다.

아무것도 바뀐 것은 없다.

어떤 것도 바뀌지 않았다.

그날 이후로.

원한이란 이름 아래 필사적으로 한 줌의 온기를 찾아서 해매이던 것뿐이다.

그리고 이제.

그 모든 시간을 마무리 지을 때가 온 것이다.

준비는 빠르게 끝났다.

크게 준비할 것이 없으니 시간이 걸리지 않는 것도 당연했다.

선별된 인원들은 간단한 식량과 식수를 소지하고는 전력으로 하남을 향해 달렸다.

사천 성도로부터 하남까지.

급박하게 갈 수 있는 거리가 아니었다.

하지만 해야 하는 일이었다.

그들이 늦는다면 피바다가 되어 있는 하남을 보게 될지도 모를 일이었다.

아니, 그들이 도착한다고 해도 피를 막을 수는 없겠지만 말이다.

경공을 펼치는 와중에도 그들은 거의 대화를 나누지 않았다.

대화를 하면서 갈 만큼 여유가 없는 탓이기도 했고, 태연하게 대화를 나눌 만큼 마음이 편안하지 않다는 것도 하나의 이유였다.

각자 무거운 마음을 짊어지고 그들은 전력을 다해 하남으로 내달렸다.

최후의 대전.

강호의 운명을 결정할 마지막 싸움이 이제 시작되려 하고 있는 것이다.

❖   ❖   ❖

"저기인가?"

하후상은 눈앞에 보이는 거대한 전각을 바라보았다.

"정천맹의 제이지부입니다."

"그렇구나."

하후상은 가볍게 고개를 끄덕이고는 여유롭게 전각을 바라보았다.

"오래 걸렸어."

"참으로 긴 시간이었습니다."

"얼마나 걸린 것 같으냐?"

"오 년이란 시간을 보내신 것 아닙니까?"

하후상은 고개를 저었다.

"이십 년이다."

"예?"

"이 자리를 만들어 내기 위하여 내가 기다려 온 시간은
무려 이십 년이란다."

"……."

"봉연아."

"예, 마공자님."

"이곳이 어디인 줄 아느냐?"

"하남입니다."

마공자는 고개를 저었다.

"아니다."

봉연은 말없이 마공자를 바라보았다.

하남을 하남이 아니라고 하는 데는 분명 봉연으로서는
알 수 없는 마공자의 깊은 뜻이 있을 것이다.

"이곳은 하남이 아니다. 이곳은 운명의 종착지란다."

"극복해야 할 운명 말씀이십니까?"

"그래. 극복하든 극복하지 못하든 이곳이 마지막이다.
아니, 마지막이었으면 좋을 곳이지."

봉연은 하후상이 무엇을 말하고 있는지 알 수 있었다.

그들이 극복해야 할 운명.

그건 천하 정복 따위가 아니었다.

천하를 정복하는 것은 그들이 해야 할 일에 비하면 너무도 하찮은 일에 불과했다.

"느껴지느냐?"

"잘 모르겠습니다."

"이곳으로 오고 있다."

"……."

"그와 그녀석이 이곳으로 오고 있다. 그도 아는 것이지. 바로 이곳이 모든 것을 결정지을 장소라는 것을 말이다."

마공자의 눈이 섬뜩하게 빛났다.

봉연은 그제야 마공자가 무엇을 말하는지 알 수 있었다.

그리고 왜 갑자기 마공자가 천하를 정복하겠다고 나섰는지도 알 수 있었다.

"과거 하후패가 중원을 도모했을 때, 하후패가 누군지 알지 못했던 이들은 속절없이 그에게 당했다."

"예."

"그가 전 중원의 힘을 집결해서 막아야 할 초인이라는 것을 깨달았을 때에는 이미 늦은 뒤였지. 긁어모은 이들로는 막을 수 없는 이가 하후패였다."

봉연은 뒤를 돌아보았다.

마련의 용사들이 그들의 뒤에 서 있었다.

"하지만 지금 이곳에는 천하 전력의 절반 이상이 모여 있다. 경각심을 가져야만이 움직이는 돼지들을 한곳으로 끌어모으기 위해서 이 귀찮은 짓을 해야 했지. 그리고 이제 이곳으로 모두가 모인다. 배덕자, 굴종자, 운명과 싸우는 자…… 그리고 그 모든 것을 만들어 낸 초인!"

하후상의 몸이 부르르 떨렸다.

희열?

아니면 공포인가?

마공자의 얼굴은 악귀와 다름없이 일그러졌다.

"그러니까 바로 이곳이 운명의 종착지다. 일백 년 전부터 천하를 옥죄던 운명이 바로 이곳에서 결정 난다. 하후패가 쓰러질지, 아니면 천하가 쓰러질지. 재미있지 않느냐, 봉연아?"

봉연은 아무 말 없이 마공자를 바라보았다.

이십 년의 시간.

공교로웠다.

단순히 긴 시간이었다는 뜻으로 말했다기에는 너무도 구체적이었다.

그리고 이십 년 전.

봉연은 기억해 냈다.

이십 년 전, 무슨 일이 있었는지.

그리고 그 일을 기점으로 하후상이 조금씩 변하기 시작했다는 것도.

'무엇을 품고 있는 겁니까?'

하후상은 대답해 주지 않을 것이다.

그녀가 하후상을 가장 잘 아는 이라는 것은 틀림없는 사실이었지만, 하후상을 가장 잘 이해해 줄 이는 되지 못했다.

그리고 하후상을 가장 잘 이해해 줄 사람은 지금 이곳으로 오고 있었다.

'유진천.'

하후상과 그가 어떤 관계인지 봉연은 알지 못했다.

하지만 하후상이 어떤 이유에서든 그에게 집착하고 있다는 것은 확실히 알 수 있었다.

그리고 아마……

오늘 그 이유가 밝혀질 것이다.

봉연은 그것을 알게 되기를 고대했다.

마공자 하후상이 짊어지고 있는 거대한 운명의 무게.

그 비밀이 이제야 밝혀지는 것이다.

❖   ❖   ❖

사내.

사내는 결코 서두르지 않았다.

그의 걸음은 마치 자로 잰 듯 정확했지만, 딱딱하다는 느낌보다는 그저 자연스럽기만 했다.

그는 마치 당연히 가야 할 곳에 가고 있듯이 아주 천천히 걸었다.

하지만 촌로는 사내의 걸음에서 평소와는 다른 기색을 느낄 수 있었다.

"기분이 좋아 보이십니다."

사내는 나직하게 대답했다.

"이상하군. 그렇게 보이는가?"

"평소의 마제 같지 않으십니다."

"그럴지도 모르지. 지금 나는 내가 생각해도 조금은 흥분하고 있다네."

"그 아이를 만나는 것 때문입니까?"

하후패의 대답은 조금 뜸을 들인 후에야 들려왔다.

"그런 것 같군."

촌로는 고개를 끄덕였다.

"백 년의 기다림이었습니다."

"글쎄."

하지만 하후패의 대답은 촌로의 예상과는 달랐다.

촌로의 눈이 조금 크게 떠졌다.

"아니라면 혹여……."

하후패는 가볍게 웃었다.

"재미있는 일이군. 나에게도 아직 인간사의 정리가 남아 있던가? 이미 몇 십 년 전에 초월한 줄로만 알았더니 말이야."

촌로는 흔들리는 눈으로 하후패를 바라보았다.

범접할 수 없는, 거대한 태산 같던 이가 지금 그에게 다른 모습을 보이고 있었다.

하지만 촌로는 그것이 흠이라 생각하지 않았다.

하후패는 강하기에 위대한 것이 아니었다.

사람은 태산을 존경하지 않는다.

하후패의 위대함은 그가 인간의 몸으로 대자연과 비교될 강자의 자리에 올랐다는 점에 있었다.

인간으로서는 극복할 수 없는 경지에 오른 이였다.

그러니 어찌 위대하지 않겠는가.

촌로는 하후패가 마지막까지 인간으로 남아 주길 원했다.

그리고 지금 그의 바람처럼 하후패는 백여 년 만에 처음으로 그에게 인간미를 보여 주고 있었다.

"그럼 약조를 바꾸실 생각이 있으십니까?"

하후패는 고개를 저었다.

"남아 있는 것은 정리(情理)일 뿐, 약조는 지켜야지."

담담한 말이었다.

하지만 그 말에 담겨진 뜻이 얼마나 엄청난 것인지 촌로는 알 수 있었다.

촌로.

공비황은 알고 있었다.

천하의 멸망은 곧 공비황의 죽음과도 마찬가지라는 것을.

눈앞의 이 사내는 백 년을 함께 지내 온 자신이라고 해서 예외를 둘 사람이 아니었다.

그럼에도 공비황은 보고 싶었다.

한 사람의 힘이 어디까지 닿을 수 있을지.

"백 년의 기다림이었네. 그 아이가 나를 얼마나 즐겁게 해 줄 수 있을지 기대되는군."

'백 년이라……'

긴 기다림이었다.

이제 그 기다림이 끝난다.

천하는 알고 있을까?

지금 그들이 어떤 운명 아래 놓여 있는지.

마제 하후패가 지금 운명의 땅으로 향하고 있었다.

그리고 천하는 알게 되리라.

천하를 향해 누가 다가가고 있는지.

그 누구도 피할 수 없는 파멸이 지금 천하에 강림하고 있는 것이다.

파멸은 느릿한 걸음으로 확실하게 다가가고 있었다.

〈『파천도』 제10권에서 계속〉

1판 1쇄 찍음 2014년 1월 7일
1판 1쇄 펴냄 2014년 1월 10일

지은이 | 비 가
펴낸이 | 정 필
펴낸곳 | 도서출판 뿔미디어

편집장 | 이재권
기획 · 편집 | 윤영상
편집디자인 | 이진선

출판등록 | 2002년 9월 11일 (제081-1-132호)
주소 | 경기도 부천시 원미구 상동로 117번길 49(상동) 503호 (우)420-861
전화 | 032)651-6513 / 팩스 032)651-6094
E-mail | bbulmedia@hanmail.net
홈페이지 | http://bbulmedia.com

값 8,000원

ISBN 978-89-6775-167-8 04810
ISBN 978-89-6639-619-1 04810 (세트)